Lars Gebhardt
Schattenboxen

Das Buch
In zehn Kurzgeschichten lässt Lars Gebhardt die Helden seiner Erzählungen auf Hamburgs Straßen, in Hochhäusern, in Bars und Clubs Menschen treffen und Situationen erleben, wie sie so vielleicht nur an der Waterkant möglich sind. Rau und spröde, unangenehm direkt und großmäulig, dabei aber auch immer mit Herzenswärme und Zuversicht. Es sind die Menschen abseits des Scheinwerferlichts und der großen Erfolge, die hier Erwähnung und Gehör finden und Einblicke in Seiten Hamburgs geben, die ansonsten vielleicht unentdeckt blieben.

Der Autor
Lars Gebhardt wurde 1973 in Unna / Westfalen geboren. Er studierte Germanistik und Medienwissenschaften in Hamburg, wo er noch heute lebt und als Fotoredakteur arbeitet. Seit seiner Jugend schreibt er für diverse Musik-Magazine wie Ox, Mind The Gap oder Pankerknacker. In den 90er Jahren war Gebhardt Herausgeber und Chefredakteur des „Stay Wild" Fanzines. 2013 erschien sein Debüt-Roman „Ein Goldfisch in der Grube", 2015 dessen Nachfolger „Die Reise zur grünen Fee". Mit "Schattenboxen" legt Gebhardt nun seine erste Kurzgeschichten-Sammlung vor.

LARS GEBHARDT

SCHATTENBOXEN

Zehn Geschichten aus Hamburg

Originalausgabe
Herstellung und Verlag: BoD – Books on Demand, Norderstedt
ISBN 9783744820042
© Lars Gebhardt 2017
Umschlaggestaltung Thorsten Spitz
Fotos: Tim Groothuis, Lars Gebhardt, Thorsten Spitz
Autorenfoto: Sylvia Gebhardt

Bibliografische Information der Deutschen Nationalbibliothek
Die Deutsche Nationalbibliothek verzeichnet diese Publikation
in der Deutschen Nationalbibliografie; detaillierte bibliografische Daten sind im Internet über www.dnb.de abrufbar.

Inhaltsverzeichnis

Ganz egal	07
Im Hochhaus	15
Hamburger Berg	29
Was guckst Du?	39
Tage der Entwöhnung	43
Spaziergang	57
Kokain	63
Namenlos	71
Spießer	83
Unfall	87
Danksagung	93

Ganz egal

Da tut sich was auf der Bühne. Mal sehen, vielleicht geht es ja gleich doch noch los. Immerhin ist es schon halb elf. Aber das kenne ich ja inzwischen hier vom AJZ. Angekündigt für zwanzig Uhr fängt es im Endeffekt nie vor zehn an. Auch wenn ich das längst weiß, stehe ich immer wieder um spätestens neun Uhr auf der Matte. Ich könnte ja doch etwas verpassen. Was genau, weiß ich allerdings auch nicht. Heute scheint das Konzert mit einer gerade in den Kinderschuhen steckenden Garagenband anzufangen, die mächtig stolz darauf ist, auf einer richtigen Bühne zu stehen. Alle ihre Kumpels - im Moment zähle ich sieben - stehen in der ersten Reihe. Da gehe ich mir doch lieber mal in der angrenzenden Bar ein Bier holen.

Was sie wohl gerade macht. Natürlich ist sie an diesem verregneten Montagabend nicht ins AJZ gekommen. Sie geht eigentlich nie ins AJZ. Außer den zwei Mal, als ich sie mitgeschleppt hatte. Aber wirklich gefallen hat es ihr da, glaube ich, auch nicht. Wahrscheinlich sitzt sie gemütlich zu Hause und lässt es sich gut gehen. Oder hat sie sich schon wieder mit diesem Lackaffen getroffen? Hoffentlich nicht. Mit so einem Schmierlappen. Und mit Arbeitskollegen lässt man sich nicht ein. Don't fuck your company. Ob sie diesen Vorsatz beherzigt? Vielleicht hat sie mich ja auch doch noch gar nicht ganz vergessen.

Ich hätte nicht in die Bar rübergehen sollen. Dann wäre mir Stachi nicht über den Weg gelaufen und hätte mich zum Jägermeistertrinken verführt. Jetzt ist mir schlecht. Und die Fuckdevils - die nennen sich wirklich so - spielen immer noch ihre

Musik. Oder wie immer man dieses stümperhafte Lärmen nennen mag. Sie finden einfach kein Ende. Das kenne ich zur Genüge. Da rufen ein paar der angekarrten Freunde nach einer Zugabe, und schon fühlt sich die Kapelle genötigt, noch einmal das halbe Repertoire zu wiederholen. Gänzlich ignorierend, dass außer eben jenen paar Freunden der Rest des Publikums den Saal längst verlassen hat. Aber wenn man schon mal hier auf der Bühne steht, dann bleibt man auch gleich da. Warum dreht der Mixer nicht einfach mal den Saft ab?

Kennengelernt hatten wir uns im Supermarkt. Mir war sie schon öfter aufgefallen, und ich bildete mir ein, ich ihr auch. Also sprach ich sie eines Tages an. Wir verabredeten uns und verbrachten einen schönen Abend miteinander. Einige weitere folgten. Doch von heue auf morgen meldete sie sich nicht mehr, rief mich nicht mehr zurück. Tagelang. Ich hielt es nicht mehr aus. An der Bushaltestelle auf der anderen Straßenseite ihres Hauses hatte ich auf sie gewartet. Stundenlang. Als sie dann endlich kam, tat ich so, als käme ich rein zufällig vorbei und sei nur auf dem Weg zum Recyclinghof. Ohne irgendwas zum Recyclen dabei zu haben. Das könnte ihr vielleicht komisch vorgekommen sein, anmerken ließ sie sich das aber nicht. Stattdessen gab sie sich freundlich, aber doch unverbindlich. Natürlich könnten wir uns bald mal wieder treffen. Gerne sogar. Aber wann, das könne sie im Moment noch nicht sagen. Dazu habe sie gerade viel zu viel um die Ohren. Und damit ließ ich mich abspeisen. Gutgläubig und blauäugig.

Nun hat die Vorband doch noch aufgehört zu spielen. Allerdings nicht ganz freiwillig. Während ihrer gefühlt hundertsten Zugabe kommt plötzlich ein kleines Punkmädchen auf die Bühne, schnappte dem Sänger das Mikrofon weg und schreit irgendwas von "Die Nazis sind draußen" oder so. Mit einem Mal kommt Bewegung in die Bude. Das Mädchen hat das geschafft, was die Band die ganze Zeit über versuchte. Eh ich mich versehe, ist das AJZ leer. Eigentlich ohne großes Interesse an einer Schlägerei mit ein paar krawallgeilen Nachwuchsfaschisten trete auch ich ins Freie. Und schon sehe ich ihn. Den Feind. In Form von vier Skinheads im minderjährigen Alter. Umringt von aufgepeitschten Konzertbesuchern. Jetzt gilt es den Feind in die Flucht zu schlagen. Aber ist das wirklich der Feind, frage ich mich. Die Jungs kennen Hitler wahrscheinlich noch nicht mal vom Hörensagen. Eher schüchtern und kleinlaut stammelt einer von ihnen etwas von "Band angucken wollen" und "überhaupt nicht rechts sein". Ich glaube ihm. Der Rest der Meute nicht. Endlich präsentiert sich hier mal der vermeintliche Feind von Angesicht zu Angesicht. Und dann auch noch in zahlenmäßiger Unterlegenheit. Die Chance will man nicht verstreichen lassen. Ob es sich dabei nun wirklich um Neonazis handelt oder nicht, ist dann mal zweitrangig. Schon bekommt der Wortführer der Skinheads eine Bierflasche durchs Gesicht gezogen. Ich wende mich angewidert ab.

Wiedergesehen habe ich sie einige Tage später in einem Cafe. In Gesellschaft eines gut aussehenden Schnösels. Auch sie hatte mich gesehen. Einfach wieder gehen ging also nicht mehr.

Sie begrüßte mich übertrieben herzlich und stellte mich dann ihrem Begleiter vor. Er wäre ein Arbeitskollege und der einzige in ihrem Betrieb mit dem man was anfangen könne. Was anfangen. So kann man das auch ausdrücken. Ob ich mich denn zu ihnen setzen wolle. Ich wollte nicht. So verabschiedete ich mich unter einem schwachen Vorwand und ging traurig heim.

Langsam füllt sich der Saal des AJZ wieder. Siegestrunken nach der gewonnenen Schlacht gegen die vier kleinen Skinheads verbreitet sich unter den Leuten eine euphorische Stimmung. Jetzt kann die Band, auf die alle warten, ja anfangen. Aber nichts geschieht. Erst nach unzähligen Minuten kommt ein junger Typ mit blonden Dreadlocks auf die Bühne geschlurft und verkündet, die Band hätte sich gerade via Handy von unterwegs aus gemeldet und durchgegeben, sie stünden noch mit einem Motorschaden auf einem Parkplatz vor der Stadt. Der ADAC sei aber unterwegs und um eins sei man spätestens am AJZ. Da die Uhr aber gerade erst die Geisterstunde eingeläutet hat, mach ich mir die Jacke zu und verlasse das AJZ. Meine Geduld ist an ihre Grenzen getreten.

So schnell wird man abserviert, dachte ich, als ich das Cafe wieder verlassen hatte und sie mit ihrem Arbeitskollegen zurückließ. Auf einmal war ich nicht mehr interessant. Das passiert immer wieder. Und nicht nur mir. Da muss man dann halt durch. Ich nahm mir vor, nicht in einen Liebeskummer zu verfallen.
Ich wollte ihr nicht nachtrauern. Ich wollte wieder mehr aus- und unter Leute gehen. Viel zu selten hatte ich in letzter Zeit Konzerte besucht. Das sollte sich wieder ändern.

Dort würde ich etwas erleben, Spaß haben, gute Musik hören und bestimmt viele tolle Leute treffen.

Im Hochhaus

Es wird wohl an der Frau gelegen haben, die bereits drei Haltestellen zuvor zu mir in die Bahn gestiegen war und neben mir Platz genommen hatte. Unwohlsein verspürte ich bereits den ganzen Tag über. Aber ich glaubte mir einzubilden, dass sich dieser Zustand seit drei Haltestellen kontinuierlich verschlimmerte.
In ihren Unterschenkeln trug sie unnötige Mengen Wasser mit sich herum. In ihrem Kopf eventuell auch, denn der ähnelte auf verblüffende Art einer reifen Melone. Bei genauerer Betrachtung bekam ich immer mehr den Eindruck, dass die Frau von oben bis unten voller Wasser war. Sie wirkte regelrecht aufgequollen, ja aufgeschwemmt. Vielleicht war sie sich dessen bewusst. Vielleicht hatte sie sich lange überlegt, wie sie mit diesem Umstand am besten umzugehen habe, und war dabei zu dem Entschluss gekommen, dass sie aufgrund des vielen Wassers in ihrem Körper nun keines mehr an ihren Körper lassen wollte. Der Verdacht drängte sich mir zumindest immer dann auf, wenn ich versehentlich durch die Nase einatmete und mich ein Schwall ihres Körpergeruches traf. Ich versuchte, diesem durch geschicktes Wegdrehen in Richtung Fenster zu entgehen.
Für kurze Zeit glaubte ich, damit Erfolg zu haben, doch ich irrte mich. Als sie ihren linken Arm direkt an meiner Seite hob, um sich an der von dicker Hornhaut überzogenen Ferse zu kratzen, stieg ein süßlich-modriger Dunst zu mir auf. Ich kämpfte mit einem Würgereiz. Angewidert sah ich aus den Augenwinkeln zu ihr herüber. Unter ihren abgekauten Fingernägeln hatte es sich der Dreck vieler Wochen und Stadtteile heimelig gemacht und sicherlich bereits damit begonnen, ein autonomes

Eigenleben zu führen.
Mit welchen Erregern würde ich wohl infiziert werden, wenn ich sie berührte? Wie könnte ich daher einer Berührung aus dem Wege gehen? Spätestens beim Aussteigen aus der Bahn müsste ich mich an ihr vorbeischieben und ein Körperkontakt wäre unausweichlich. Noch zwei Haltestellen, dann wäre ich am Ziel. Mir war inzwischen unglaublich übel. Das Unangenehmste aber war, dass sich dieser Zustand von Sekunde zu Sekunde verschlimmerte.
„Nächster Halt Osterstraße", ertönte es aus dem Lautsprecher. An der darauf folgenden Haltestelle hätte ich es geschafft. Angestrengt überlegte ich, wie ich am besten, sprich mit den geringsten Berührungen, an ihr vorbeikommen mochte. Ich hatte keine plausible Idee.
Zuerst wollte ich laut „Feuer, Feuer" rufen, in der Hoffnung, dass sie aufspringt und vor mir zur Tür läuft. Doch eine Massenpanik zur Rush-Hour in der U-Bahn galt es unbedingt zu vermeiden. Vielleicht sollte ich über die Sitzbank vor mir klettern, um nicht an ihr vorbei zu müssen. Der Stiernacken, der auf eben dieser Bank saß, ließ mich aber auch diesen Plan schnell wieder verwerfen. Eine andere Idee hatte ich auf die Schnelle leider nicht.
Wie alt mochte sie wohl sein? Sie wirkte wie eine Greisin, hatte aber in Wahrheit das vierzigste Lebensjahr wohl noch nicht lange erreicht. Wahrscheinlich wäre sie in ihrer körperlichen Verfassung sowieso nicht aufgesprungen und zum Ausgang gehechtet, wenn ich diese „Feuer, Feuer"-Nummer durchgezogen hätte. Es gab also nur eine Möglichkeit für mich. Augen zu und durch.

Ich machte mich bereit aufzustehen und die Aufgabe zu erledigen. Doch ehe ich sie darum bitten konnte, ein wenig zur Seite zu rücken, fragte sie mich:
„Steigen Sie hier aus?"
Ich zögerte. Warum wollte sie das von mir wissen? Hatte sie vor, mich zu begleiten? Das würde ich nicht zulassen. Doch verneinen wollte und konnte ich ja auch schlecht, denn schließlich musste ich ja diese Bahn gleich verlassen. Also nickte ich ihr kurz zu.
„Ob sie mir vielleicht bei meiner Tasche behilflich sein könnten? Ich muss hier nämlich auch raus und habe es doch so im Rücken."
Das hatte mir noch gefehlt. Meine auf Nächstenliebe basierende christliche Erziehung würde alles andere als spontane Direkthilfe verbieten. Der in mir aufgekommene Ekel drängte mich allerdings dahin, möglichst schnell aus der Bahn zu verschwinden und die Frau zu ignorieren.
Der kleine Engel und das Teufelchen in meinem Kopf führten eine harte Auseinandersetzung. Jeder von beiden landete einige gute Treffer und schickte seinen Gegenüber mehrmals fast auf die Bretter, aber eben nur fast. Richtig durchsetzen konnte sich keiner. Zwar taumelten die Zwei, fielen aber nicht zu Boden.
„Warum wollen Sie der armen Frau denn nicht helfen? Worauf warten Sie denn noch?" Die Frau, die auf der Bank hinter uns saß, fing an sich zu ereifern. Sie strich sich hektisch eine Strähne aus der Stirn und schaute mich mit böse funkelnden Augen an. Dabei konnte ich zuschauen, wie die Gläser ihrer Nickelbrille anfingen zu beschlagen. Sie holte zum finalen Schlag aus. „Ich würde es ja auch machen, aber ich fahre noch bis Niendorf."
Mit diesem Satz fiel das Teufelchen auf die Bret-

ter. Es wurde angezählt und ging k.o.

„Nein, klar. Kein Problem", hört ich mich wie durch einen Wattebausch sagen.

Ich ergriff die Henkel ihrer Aldi-Plastiktüte und hob die Tasche an. So schwer war die doch gar nicht. Ihre Besitzerin strahlte mich mit gelben Zähnen an. Der Mundgeruch musste dem ihres Körpers keinen Deut nachstehen. Nur raus hier, schoss es mir durch den Kopf. Mit der Tüte in der Hand und ihrer Besitzerin im Nacken schob ich mich in Richtung Tür.

Endlich hielt die Bahn, und ich konnte raus auf den Bahnsteig. Durchatmen. Luftholen. Ich stellte die Tasche vor mir ab und warf dabei flüchtig einen Blick auf den Inhalt. Soweit ich es erkennen konnte, bestand der Einkauf hauptsächlich aus grünen Dosen Bier mit einem Etikett, dessen Markenschriftzug mir gänzlich unbekannt war, aber in etwa so etwas wie „Brauglück", „Bierstolz" oder „Kaiserpils" versprach. Des Weiteren machte ich eine Packung Toastbrot, eine Tube Senf, ein Glas Gurken und eine Dose Erdnüsse aus. Zu guter Letzt lag oben noch eine unverpackte Fleischwurst auf, die nicht mehr ganz den frischesten Eindruck machte. Da stand der Frau ja ein kulinarischer Höhepunkt für den Abend bevor. Ich hob die Tasche wieder an und steuerte die nächstgelegene Bank an, wo ich die Tasche erneut absetzte.

„So, dann wünsche ich noch einen schönen Abend", sagte ich und war im Begriff, endlich nach draußen ins Freie zu fliehen.

Da spürte ich plötzlich ihre Hand auf meinem linken Bizeps. Ihre Finger gruben sich in den Stoff meiner Jacke.

„Danke, dass Sie mir geholfen haben. Ich hätte die Tasche nicht alleine aus der Bahn bekommen."

„Kein Problem. Gern geschehen", log ich.

„Ich muss dann aber mal weiter."
„Könnten Sie mir die Tüte nicht vielleicht bis nach Hause tragen? Ich wohne direkt hier vorne in der Lenzstraße."
Da musste ich vorbei. Die Lenzstraße lag auf meinem direkten Weg nach Hause. Darauf kam es also auch nicht mehr an. Ich versuchte den Geruch weiter zu ignorieren, den Ekel zu unterdrücken.
„Das kann ich machen." Erneut schnappte ich mir die Tasche und endlich ließ die Frau meinen Arm wieder los. Zielstrebig ging ich in Richtung Rolltreppe aufwärts. Die Frau folgte mir in einem Tempo, welches man noch nicht einmal mit Zeitlupe hätte richtig beschreiben können. So zog sich der Weg bis zur Lenzstraße wie ein Ketzer auf der Streckbank.
„In welchem Haus wohnen Sie denn?", fragte ich die Frau, als wir endlich unser Ziel erreicht hatten. Die Lenzstraße wurde zur Hälfte von Hochhäusern umschlossen, die in den Siebzigerjahren von der SAGA als Quartiere für zukunftsweisendes Wohnen konzipiert und gebaut, bereits zehn Jahre später aber zur Ghettoisierung freigegeben wurden. Inzwischen wohnten in der Lenzsiedlung hauptsächlich Verlierer des gesellschaftlichen Ränkekampfes mit ihren Familien oder, noch schlimmer, mit ihrer Einsamkeit. Es war nicht nur so, dass die Lebensumstände der Menschen dort grausam und tragisch erschienen, nein, die Menschen schienen sich in ihrer Haltung, dem Aussehen und Auftreten immer mehr anzupassen. Sie nahmen früher oder später die talkig-weiße Farbe der abbröckelnden Balkonlackierung ihrer Wohnungen an. Kaum einer, der in die Lenzsiedlung hinein oder wieder hinaus ging, der einen gesunden Teint trug. Die Garderobe war entsprechend

und bot so ziemlich alles an Geschmacklosigkeiten, was die Mode der vergangenen zwanzig Jahre zu bieten hatte. Freiwillig wäre wohl niemand in diese westdeutschen Plattenbauten gezogen. Hier wohnte man nur, weil man sich nichts anderes leisten konnte. Auf fünfzehn Etagen stapelten sich an die sechzig Wohnungen pro Haus und Eingang, wovon es wiederum derer sieben gab.
Allein der Anblick dieser Wohnklötze machte mir Angst. Jedes Mal, wenn ich diese passierte, packte mich die Furcht vor der eigenen Zukunft. Bloß nicht so enden. Niemals wollte ich mein Leben in einer solchen Wohnsituation durchstehen müssen.
„Ich wohne im zweiten Haus, dem grünen." Sie zeigte an einem ausgeschlachteten Auto vorbei die Straße herunter. Vor uns liefen drei kleine Türkenkinder laut schreiend über die Straße. Ein aufgemotzter VW-Golf kam um die Ecke gebogen und bremste scharf vor ihnen ab. Er hupte aufdringlich und aggressiv, aber keines der Kinder störte sich daran. Sie rannten einfach weiter. Der Wagen fuhr mit quietschenden Reifen an und in die nächste Seitenstraße hinein.
„Gibt es in den Häusern eigentlich Fahrstühle?", wollte ich von der Frau wissen. Mir fiel auf, dass ich trotz der direkten Nähe meiner Wohnung zur Lenzsiedlung keinen blassen Schimmer hatte, wie es in den Häusern aussah. Bisher hatte es mich aber auch noch nie interessiert. Der äußere Anblick schockierte mich immer wieder so sehr, dass ich mir zwar ausmalen konnte, wie schauerlich das Innenleben aussehen mochte, diese Fantasien aber nicht bestätigt haben wollte.
„Ja, die gibt es", antwortete sie mir. „Aber ich wohne im ersten Stock. Und diese eine Etage schaffe ich bislang immer noch zu Fuß."
Wir gingen auf das Haus zu, in dem sie wohnte,

und mich befiel ein mulmiges Gefühl. Vor der Eingangstür blieben wir stehen und sie wühlte umständlich in ihrer Manteltasche, bis sie einen Schlüsselbund herauszog, um damit die Haustür aufzuschließen. Diese schien jedoch zu klemmen oder zu schwer für die Frau zu sein.

„Lassen Sie mal. Ich mach das schon." Sie trat beiseite, ich fasste die Klinke und schob die Tür problemlos auf. "Bitte schön, die Dame. Nach Ihnen", gab ich den Gentleman und sie ging an mir vorbei ins Treppenhaus. Ich folgte ihr.

Das Erscheinungsbild des Treppenhauses entsprach dem äußeren vollkommen. Die Wände hatten schon lange keinen Anstrich mehr erlebt und wurden mittlerweile von unzähligen kaum leserlichen Schriftzügen geziert.

„Wer das liest ist doof" war da genauso zu lesen wie der Slogan „Nazis raus", bei dem allerdings das Wort „Nazis" durchgestrichen und durch „Türen" ersetzt wurde.

Nachdem ich kurz überlegte, was die Bewohner dieses unwirtlichen Hauses denn ausgerechnet gegen ihre Türen einzuwenden hatten, beschlich mich der Gedanke, dass es um die Orthographie des Schmierfinks nicht allzu gut bestellt sein dürfte, da sich seine Aufforderung das Haus zu verlassen wohl nicht an die Türen richtete, sondern möglicherweise an seine türkischen Nachbarn. Das wiederum könnte ein Problem darstellen, denn davon wohnten ziemlich viele in dem Haus, wie ich den Namensschildern auf den Briefkästen entnehmen konnte, sofern diese existent und dann auch noch lesbar waren.

Wie mochten wohl die nachbarschaftlichen Verhältnisse in diesem Haus aussehen, wenn man sich seine Zu- und Abneigungen in Form solcher Wandschmierereien kundtat?

„Wie lebt es sich denn hier im Haus?" Im selben Moment, in dem ich die Frage aussprach, bereute ich es auch schon. Es schien mir unhöflich zu sein, danach zu fragen, denn kein Mensch würde sie ernsthaft mit „gut" beantworten. Die Frau schien es aber nicht zu kümmern.
„Muss ja", antwortete sie mir knapp.
„Und mit den Nachbarn? Wie läuft das?", bohrte ich nun, sämtliche Skrupel um Taktlosigkeit abgelegt, nach.
„Keine Ahnung. Mit denen habe ich nichts am Hut."
„Wie lange wohnen Sie denn schon hier?" Jetzt wurde ich richtig neugierig und wollte mehr über die Lebensumstände der Frau wissen.
„Das weiß ich gar nicht mehr so genau. Aber es sind bestimmt schon zehn oder elf Jahre."
„Und dann kennen Sie Ihre Nachbarn gar nicht?"
„Nein. Hier ziehen die Leute ja ein und aus. Das geht zu wie in einem Ameisenbau. Und mal ehrlich, was hier inzwischen für ein Gesocks wohnt. Da vergeht einem doch die Lust, jemanden kennenzulernen."
Wen konnte sie nur mit Gesocks meinen? Meinte sie damit auch die Türen oder Türken, die raus gehören? Oder spricht sie vom Gegenstück? Also den Nazis, die die Türken und Türen am liebsten vor letztgenannte setzen möchten? Die Frau gab mir Rätsel auf, zumal wahrscheinlich gerade sie für viele Mitmenschen zum von ihr beschworenen Gesocks zählen dürfte. Ich hakte unschuldig nach.
„Was für ein Gesocks wohnt hier denn im Haus?"
Sie beugte sich zu mir herüber und hauchte mir ihren bösen Mundgeruch entgegen.
„Das sind doch alles Kanaken. Araber, Türken, was weiß denn ich, wo die alle herkommen. Hier spricht doch keiner mehr Deutsch. Und arbeiten

gehen die auch nicht. Von morgens bis abends hängen die zu Hause herum und machen Radau. Außerdem stinken die."
Ich muss reichlich verdutzt dreingeschaut und sie einige Augenblicke perplex angestarrt haben. Dann fragte ich sie:
„Sind Sie denn dann auch Gesocks?" Irritiert schaute sie mich an, sagte aber nichts.
„Ich meine ja nur. Sie sprechen auch nicht gerade ein gutes Deutsch, gehen vermutlich keiner Arbeit nach und, entschuldigen Sie die Indiskretion, Ihr Körpergeruch ist auch nicht gerade betörend."
Inzwischen waren wir im ersten Stock angekommen und vor einer Wohnungstür stehen geblieben. Auf dem Klingelschild las ich den Namen Kubaczek.
„Außerdem würde mich interessieren, aus welchem Land ihre Familie stammt."
Immer noch sagte sie nichts und schaute mich fragend an. Dann riss sie mir die Einkaufstasche aus der Hand, die ich artig bis hierher getragen hatte, und fauchte mich an.
„Geben Sie her. Ich muss mich nicht von Ihnen beleidigen lassen. Hauen Sie ab."
Für ihre Verhältnisse blitzschnell hatte sie die Tür aufgeschlossen und war in der Wohnung verschwunden. Die Tür krachte ins Schloss.
Vor mir auf dem Boden sah ich etwas liegen. Es war die alte Fleischwurst, die zuvor noch in der Tasche steckte. Ich hob sie an und sah, dass sie an der Unterseite bereits ganz braun geworden war. Ich zog meinen Notizblock aus der Tasche, entriss ihm einen Zettel und schrieb darauf:
„Eine deutsche Wurst. Alt. Ranzig. Stinkig. Und wenn man genauer hinsieht ziemlich braun."

Den Zettel legte ich mitsamt der Wurst auf die Fußmatte vor der Wohnung der Frau und verließ zügig diesen Ort des Unbehagens. Nie mehr wollte ich in das Hochhaus zurück müssen.

Hamburger Berg

Es war dieser Moment, an dem sich die Nacht gerade verabschiedet und der neue Tag noch nicht begonnen hat. Die Laternen erhellten noch die Straßen, langsam wurde der Horizont heller und das Grau am Himmel wich nach und nach einem morgendlichen Blau. Eine Straßenkehrmaschine zog ihre Bahnen über den Hamburger Berg und reinigte ihn vom Unrat der letzten Stunden. Getränkedosen und -flaschen, Zigarettenkippen und Schachteln, Fast-Food-Verpackungen, Taschentücher und Flyer. Das Nachtleben produziert viel Müll.
Ich verließ das Lunacy und trat auf den Bürgersteig. Vor mir stellte ich meine zwei Kisten mit den Vinyl-Schallplatten ab. Eine für Singles, die andere für LPs. Ich hatte mir, wie jeden ersten Samstag im Monat, die Nacht über als DJ ein paar Euro dazuverdient. Meine Schicht war seit gut einer Stunde vorüber, aber ich konnte mich nicht von Miri loseisen. Miri arbeitete am Tresen im Lunacy und schaffte es immer wieder, mich mit ihrer forschen und dennoch herzliche Art zu verzaubern. Und manchmal auch mit ihrem selbstgemachten „Mexikaner", einem auf St. Pauli sehr beliebten Schnaps bestehend aus Wodka, Tomatensaft und Tabasco.
In dieser Nacht war es wohl eine Mischung aus allem. Doch nun hatte Miri die letzten Barhocker hochgestellt und mich höflich aber direkt vor die Tür gesetzt. Es wäre langsam mal Zeit fürs Bett.
Vor der Tür zündete ich mir eine Zigarette an und überlegte, zu welchem Taxistand ich am besten gehen sollte, oder ob ich besser darauf wartete, dass ein Taxi vorbeifährt und ich direkt einsteigen könnte. Ich entschied mich für die zweite Idee.

So würde ich die schweren Plattenkisten nicht mehr groß schleppen, sondern nur noch in den Kofferraum wuchten müssen. Es war Wochenende und ich stand mitten auf dem Kiez, da würde ja wohl gleich mal ein Wagen vorbeikommen. Nach meiner zweiten Zigarette begann ich, den Plan in Frage zu stellen und zu überlegen, ob ich nicht doch zur Reeperbahn gehen und einen Taxistand aufsuchen sollte. Eine Nacht hinter dem DJ-Pult im Lunacy mit dazugehörigen berauschenden Substanzen sorgt nicht gerade dafür, dass man besonders entscheidungsfreudig wird. Ich grübelte weiter.
Während meiner dritten Zigarette hielt plötzlich ein Auto direkt vor mir an. Kein Taxi, sondern ein kleiner, roter Japaner. Zuerst passierte nichts. Ich versuchte durch das Fenster der Beifahrertür zu erkennen, wer da am Steuer saß und ob es sich vielleicht um einen Bekannten handeln würde. Als sich nach einigen Augenblicken der Fahrer hinüberbeugte und das Fenster herunterließ, erkannte ich ein hübsches, junges Mädchen mit kurzen blonden Haaren und großen dunklen Augen.
„Wo willst du denn hin? Kann ich dich mitnehmen? Ich fahre gerade eh nur so durch die Gegend."
„Eigentlich warte ich auf ein Taxi, aber es scheint keines hier vorbeizukommen. Ich wollte nach Hause."
„Wo Wohnst du denn?"
„Eimsbüttel. Im Stellinger Weg."
„Das passt doch. Ich wollte gleich eh noch bei der ‚Kleinen Konditorei' vorbei, um Brötchen fürs Frühstück zu kaufen. Steig ein, ich nehme dich mit."
Sie stieg aus, ging zum Kofferraum, öffnete die Klappe, so dass ich meine Plattenkisten hineinstellen konnte. Wir stiegen beide ein und sie fuhr los.
„Darf ich rauchen? Möchtest Du auch eine?", fragte ich sie, nachdem sie rasant in die Simon-von-Utrecht-Straße eingebogen war.

„Ja, sehr gerne", antwortete sie. "Also ich meine beides."
Ich lächelte und zündete zwei Zigaretten an, um ihr eine davon in den Mund zu stecken. Sie hielt das Steuerrad mit beiden Händen fest. Ihre langen, schlanken Finger wirkten gepflegt und zart. Im Profil war sie sehr hübsch. Ihre Augen wirkten aufgrund der dunkelgrünen Farbe und des etwas zu großzügig aufgetragenen Kajals ein wenig geheimnisvoll und undurchsichtig. Die kleine, leicht nach oben geschwungene Nase erschien dagegen mädchenhaft und sah unheimlich süß aus. Die kurz geschnittene Pagenfrisur hing ihr im Pony bis kurz über die Brauen.
„Machst du das öfter? Morgens auf dem Kiez wildfremde Typen ansprechen und diese nach Hause fahren?", wollte ich nun von ihr wissen.
„Nein, ehrlich gesagt ist es das erste Mal, dass ich das mache. Aber ich habe das Auto neu und fahre seit Stunden durch die Gegend. Vorhin war ich am Elbstrand, davor Falkensteiner Ufer, Köhlbrandbrücke. Freihafen, das ganze Programm. Und nun wollte ich hier über den Kiez nach Eimsbüttel fahren. Mein Mitbewohner meinte, in dieser ‚Kleinen Konditorei' gäbe es die besten Brötchen der Stadt."
„Mag sein. Zumindest stehen die Leute da am Wochenende bis nach draußen Schlange. Ein Grund, warum ich da bislang noch nie drin war, obwohl ich gleich ums Eck wohne."
„Ich will unbedingt mehr von Hamburg kennen lernen. Ich lebe jetzt seit zwei Jahren hier und kenne eigentlich nur die Uni, die Bibliothek und mein WG-Zimmer in Hamm."

„Das ist wirklich zu wenig. Hamburg hat schon mehr zu bieten."
„Eben. Deshalb habe ich auch angehalten und dich gefragt, ob du mitfahren möchtest. Du sahst so aus, als würdest du die Stadt ganz gut kennen. So als DJ auf dem Kiez. Vielleicht hast du ja ein paar Tipps für mich."
Sie gefiel mir immer besser. Das war hier definitiv besser als jede Taxifahrt. Und schüchtern schien meine Fahrerin wirklich nicht zu sein. Ich würde mich mal auf den Spaß einlassen.
„Das kann ich dir nicht genau sagen. So gut kenne ich Hamburg nun auch nicht. Ich bin schließlich auch ein Zugezogener."
„Immerhin bist du ja DJ, oder? Die Plattenkisten hast du doch nicht zum Spaß dabei."
„Das stimmt. Heute Abend hab ich im Lunacy aufgelegt. Ab und an auch im Beat Club."
„Das würde mich ja mal interessieren. Allzu viel vom Nachleben habe ich noch nicht kennengelernt. Da denkt man, man zieht zum Studieren vom Land nach Hamburg und nun geht das wahre Leben richtig los, aber ich sitze nur zu Hause oder im Hörsaal und büffel. Das muss sich ändern."
Wir fuhren die Holstenstraße stadtauswärts und aus den Augenwinkeln konnte ich sehen, wie Hamburg langsam zum Leben erwachte. Erste Rollläden wurden hochgezogen, vereinzelte Geschäfte schlossen ihre Türen auf, immer mehr Passanten traten ins Freie.
„Vielleicht nimmst du mich ja zu deinem nächsten DJ-Abend mit."
„Die sind öffentlich. Da kann jeder hinkommen, der möchte."
„Ja, aber ich kenne da niemanden. Alleine traue ich mich nicht, einfach so in eine Kiez-Kneipe zu marschieren."

„Du traust dich nicht? Ängstlich hast du bislang nicht auf mich gewirkt. Immerhin hast du mich einfach so angequatscht und nimmst mich nun in deinem Auto mit. Und das, obwohl du mich gar nicht kennst. Das ist für eine Frau doch recht ungewöhnlich und schon ausgesprochen mutig."

„Was soll das denn jetzt heißen, für eine Frau? Und ja, ich finde mich auch gerade mutig. So etwas habe ich ja auch noch nie gemacht. Aber von nichts kommt nichts und aufregende Leute lernt man halt selten in der StaBi kennen."

Sie hielt mich also für aufregend. Das gefiel mir. Und sie schien ja heute unbedingt etwas erleben zu wollen. Da wird es sich für mich wohl gehören, sie noch auf einen Kaffee zu mir einzuladen.

„An der nächsten Kreuzung müssen wir rechts abbiegen, dann einmal noch über die Osterstraße und wir sind auch schon bei meiner Wohnung. Die ‚Kleine Konditorei' ist nur ein paar Meter weiter die Straße runter. Aber vielleicht möchtest du ja erst noch einen Kaffee bei mir trinken."

„Heute ist wohl die Nacht der Furchtlosen. Schüchtern scheinst du ja auch nicht zu sein." Sie grinste mich an. „Aber warum nicht. Jetzt kann ich auch mitkommen."

„Vielleicht verrätst du mir noch deinen Namen, bevor ich dich zu mir einlade", wollte ich jetzt von ihr wissen. „Hier vorne hinter dem Friseur kannst du links auf den Hof fahren."

Sie setzte den Blinker und wir bogen ab auf den Parkplatz hinter dem Haus, in dem ich im dritten Stock in einer kleinen Zwei-Zimmer-Wohnung lebte. Sie hielt neben zwei Lieferwagen und stellte den Motor ab. Als sie den Zündschlüssel aus dem Schloss zog, zögerte sie einen Moment. Dann beugte sie sich zu mir herüber und küsste mich auf den Mund.

Ich blieb etwas überrumpelt sitzen und schaute sie wohl sehr verwundert an.
„Entschuldige. Ich hoffe, du findest mich nicht zu aufdringlich. Aber jetzt, wo ich bereits allen Mut zusammengenommen und dich angesprochen habe, kann ich mich auch das noch trauen."
„Das ist in Ordnung", erwiderte ich. Der Kuss gefiel mir gut und ich sah keinen Grund, diese direkte Offerte irgendwie unangenehm zu finden. „Die Zeit der Schüchternheit ist heute vorbei." Wir beide lachten. „Also lass uns nach oben zu mir gehen. Ich setze einen Kaffee auf, du suchst nach passender Musik. Und dann schauen wir mal, was dieser Morgen noch so zu bieten hat."
Sie lächelte mich mit einem etwas unsicheren Blick an. Nun wirkte sie doch ein wenig verlegen, dadurch aber nur umso niedlicher. Kurz kam mir der Gedanke, wo der Haken an der Geschichte sein könnte. Doch es schien hier keinen zu geben. Also wollte ich das einfach mal genießen. Wenn ich schon so ein Glück hatte und von einer hübschen Frau nach Hause gebracht wurde, die nun auch noch mit zu mir in die Wohnung wollte, gab es kein Zaudern.
„Gut. Dann lass uns zu dir hoch gehen. Wohnst du alleine?"
„Ja, nach meiner letzten WG brauchte ich unbedingt meine eigenen vier Wände. Das genieße ich nun sehr. Aber du wolltest mir noch deinen Namen verraten."
Jetzt wurde ihr Lächeln breiter und sie strich sich mit dem Zeigefinger ihrer linken Hand über den Nasenrücken.
„Daniel. Ich heiße Daniel."

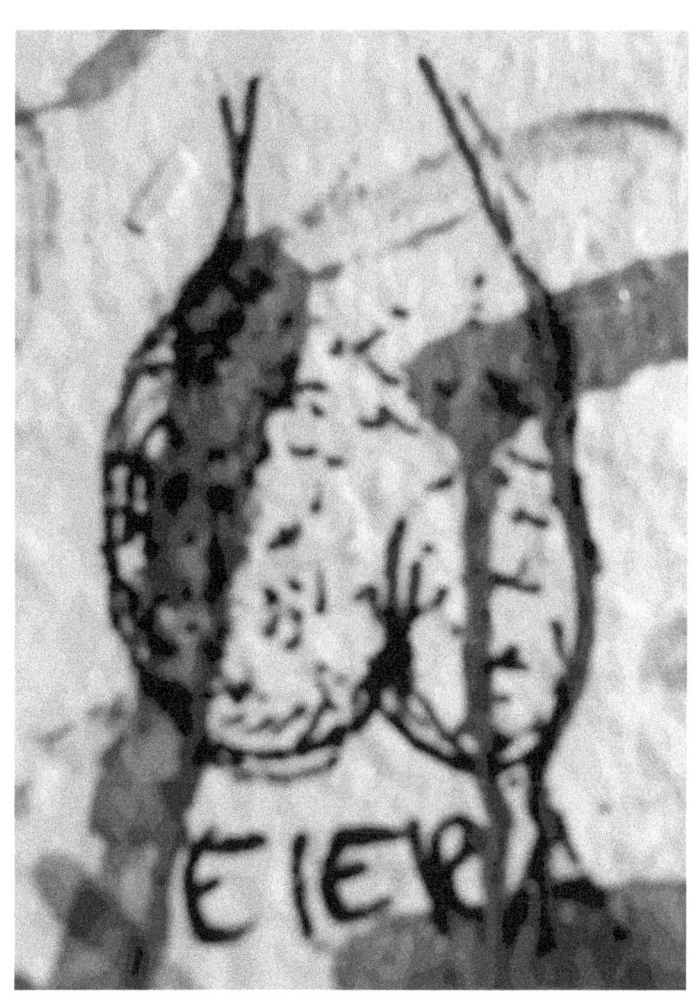

Was guckst du?

„Natürlich mache ich Dich an! Ich steh hier rum und warte auf Dich, weissu. Das mach ich nicht mit, Dicker!"
Die lauten, unfreundlichen Worte drangen über die viel befahrene Hauptstraße bis zu mir hinüber. Guten Mutes, mit reichlich fester Nahrung im Wanst, machte ich mich gerade daran, meine Mittagspause zu beenden. Ich schaute genauer hin, um zu sehen, wer da so unflätig rumprollte. Es war ein junger Mann, kaum älter als zwanzig, der auf seine vermeintliche Freundin einschimpfte. Ob des ungehobelten Tons, den er anschlug sehr irritiert starrte ich die beiden an, die nun über die grün gewordene Ampel zu mir herüberkamen. Mein Blick schien unseren Casanova, der immer noch weiter bölkte, obwohl sich seine Freundin mehrfach bei ihm zu entschuldigen versuchte, zu irritieren. Jedenfalls ließ er jetzt kurzfristig von ihr ab und schaute zu mir rüber.
„Was guckst du so? Verpiss dich, du Wichser", ließ er mich nun das Opfer seiner Hasstiraden werden. Ich machte zu seiner Überraschung einen Schritt auf die beiden zu.
„Entschuldigung, ich war nur irritiert, wie Sie mit Ihrer Freundin reden. Einen solchen Ton schlägt man doch nicht einer Frau gegenüber an, oder?"
Keine Reaktion.
„Ich meine, die Arme ist doch schon ganz eingeschüchtert. Wieso hauen Sie da immer noch weiter drauf? Außerdem hat sie sich doch schon mehrfach bei Ihnen entschuldigt."
Jetzt eine Reaktion:
„Häh?"
„Noch einmal. Ich finde, ein Mann sollte ein wenig mehr Benehmen einer Frau gegenüber an den Tag

legen. Vor allem wenn es die eigene Freundin ist."
Und gleich noch eine Reaktion. Langsam überraschte mich seine Schlagfertigkeit.
„Häh? Was willst Du?"
„Ich will eigentlich gar nichts, außer zurück ins Büro. Aber Ihre Freundin würde sich bestimmt über eine Entschuldigung freuen, weil Sie sie so angefahren haben."
„Spinnst Du, Dicker?"
„Na hören Sie mal. Ich finde, so dick bin ich doch nun wirklich nicht. Aber Sie scheinen generell ein komisches Verhältnis zur Leibesfülle Ihrer Mitmenschen zu haben. Ihre durch und durch schlanke Freundin haben Sie vorhin ja auch schon ‚Dicker' genannt. Mal ganz davon abgesehen, dass das Genus nicht stimmt."
Mein Gegenüber war plötzlich still. In seinem Hirn schien es zu rattern. Er fühlte sich sichtbar in die Enge getrieben, war aber nicht in der Lage, sich da raus zu manövrieren. Inzwischen war ich hellwach und erwartete jeden Moment seine körperliche Attacke, da er meiner verbalen einfach nicht gewachsen schien. Und er konnte, in seiner männlichen Ehre angegriffen, vor seiner Freundin ja nicht einfach so klein beigeben.
Und richtig. Nachdem er ein paar Sekunden brauchte, um zu realisieren, dass er hier gerade in eine Ecke gedrängt wurde, holte er die große Keule raus.
„Dicker, ich hau Dir eine rein."
Ich musste grinsen. Auch wenn mir eigentlich nicht nach einer Schlägerei zumute war, hatte ich nun auch nicht das geringste Interesse diesem Bosporus-Playboy klein beizugeben und die Auseinandersetzung zu scheuen. Dazu hatte ich mich bereits zu weit aus dem Fenster gelehnt.
Mein Grinsen verunsicherte ihn noch mehr.

Er fing an auf der Stelle zu tänzeln. Ganz im Stile eines Möchtegernboxers. Es sah zum Schreien komisch aus.

Mittlerweile hatten sich mehrere Passanten in sicherer Entfernung um uns geschart und warteten, dass es endlich losgehen würde. Hinter mir echauffierte sich eine ältere Frau:

„Der Kanake spinnt doch. Zuerst schreit er seine Freundin an, jetzt will er sich auch noch mit friedlichen Fußgängern prügeln."

Das wiederum gefiel mir. Ich wurde in die Schublade ‚friedlicher Fußgänger' gesteckt, was mir bis dato auch noch nicht passiert war.

Inzwischen war der Freundin das Verhalten ihres Mackers wohl nur noch peinlich. Immer hysterischer werdend fing nun auch sie an zu schreien. Allerdings nicht in meine Richtung, sondern in die ihres Freundes.

„Du bist nur noch peinlich, ey. Jetzt hör endlich auf, und lass uns abhauen."

Recht hatte sie. Die ganze Sache, die ich zuerst noch ganz souverän angehen wollte, erschien mir mit einem Mal nur noch lächerlich. Jetzt stand ich hier einem angeschossenen Gockel zur Brunftzeit gegenüber, der mit den Armen und Beinen zappelte und nur darauf wartete, loszuschnappen. Oh Mann, wie alt willst du eigentlich noch werden, um nicht mehr in solche Kindergartenspielchen hineingezogen zu werden, fragte ich mich.

„Wir steigen jetzt in den Bus und fahren nach Hause", hörte ich das Mädchen weiter auf ihren Freund einreden. Tatsächlich bog gerade der Bus um die Ecke und hielt wenige Schritte vor uns. Sie zog unseren kleinen Rambo am Ärmel und schaffte es tatsächlich, ihn in Richtung Haltestelle zu bugsieren.

„Das nächste Mal bissu dran, Dicker", raunte er

noch zu mir rüber, drehte sich dann aber um und stieg in den Bus. Ich blieb stehen und fragte mich, was das alles nun gebracht hatte. Sie fährt jetzt mit ihm nach Hause, lässt sich bei jeder weiteren Gelegenheit anschreien und wird doch bei ihm bleiben. Ihr Vater hatte sie wahrscheinlich früher auch schon angeschrien und geschlagen. Sie wird es nicht anders kennen. Was für ein trauriges Schicksal. Während sich die erste Resignation in mir breit machte, drehte sie sich in der Bustür noch einmal zu mir um und sagte – ganz leise - „Danke" zu mir.

Tage der Entwöhnung

Von guten Vorsätzen für das neue Jahr hatte Jens noch nie etwas gehalten. Das ständige Gerede davon, alles besser machen zu wollen, sobald der Jahreskalender mal wieder eine Ziffer weiter nach vorne rückt, erschien ihm unsinnig. Das sei doch nur etwas für Wichtigtuer und Quatschköpfe. Spätestens zwei Wochen später träfe man eben diese wieder und sie erzählen einem mit feistem Lächeln im Gesicht, dass es ja einen Versuch wert gewesen sei. Aber sobald der Alltag einen wieder eingeholt habe, wäre man dann doch wieder schwach geworden. Warum man aber in der Zeit zum Jahreswechsel tagelang so ein Theater um den geplanten Lebenswandel machte, es jedem erzählen musste, ob dieser es hören wollte oder nicht, verstand Jens nicht. Er fragte sich, ob die Leute sonst nichts über sich zu erzählen hätten.
Aber nein. Zum neuen Jahr erscheint es ihnen dringend erforderlich, immer wieder darüber zu sprechen, was man sich alles Gutes vorgenommen habe. Mehr Sport treiben, weniger Alkohol trinken, mit dem Rauchen aufhören, sich gesünder ernähren, mehr Zeit mit Freunden verbringen, die Eltern häufiger anrufen, sein hart verdientes Geld nicht ständig für unnütze Dinge aus dem Fenster werfen, öfter mal ein paar Euro für wohltätige Zwecke spenden, den Müll konsequenter trennen. Eine Liste, die sich beliebig verlängern lässt und jedem geläufig scheint. Bereits nach wenigen Tagen ist die Hälfte der Punkte von der Vorsatzliste verschwunden, die übrigen folgen im Laufe der nächsten Wochen. Und somit ist man bereits, kaum dass das neue Jahr begonnen hat, wieder in den alten Trott verfallen, und verändert hat das ganze Gewese, das man um seine guten Vorsätze gemacht hat, gar nichts. Man hat sich nur ein weiteres Mal vor Augen geführt, wie willensschwach und

inkonsequent man ist.
Von alledem hatte Jens nie etwas wissen wollen. Doch jetzt sah er sich mit genau diesem Problem konfrontiert. Im Laufe der letzten Wochen des ausklingenden Jahres wurde ihm immer bewusster, dass sein exzessiver Lebensstill ungeahnte Ausmaße angenommen hatte. Bereits seit zehn Jahren hatte es praktische keinen Tag gegeben, an dem er kein Marihuana geraucht hatte.
Damit war er bislang bestens zurechtgekommen. Auch sein zum Glück nie sonderlich hoher Zigarettenkonsum fiel dabei nicht weiter störend ins Gewicht. Seit seinem fünfzehnten Lebensjahr trank er regelmäßig Alkohol. Hauptsächlich Bier in Kneipen, ab und an mal einen Schnaps, an Wochenenden mehr als an Werktagen, so wie es halt alle machen. Aber gerade Letzteres nahm besorgniserregend zu. Im vergangenen Sommer feierte Jens seinen achtundzwanzigsten Geburtstag.
Seitdem verging, soweit sich Jens erinnern konnte, kein Tag, an dem er kein Bier trank. In Kombination mit seinem permanenten Haschkonsum bedeutete das für ihn, dass er seit einem halben Jahr nicht mehr mit klarem Kopf eingeschlafen war. Das störte ihn zuerst nicht im Geringsten.
Doch mit der Zeit musste er feststellen, dass seine Freundin Julia in ihrer gemeinsamen Beziehung immer unzufriedener wurde. Vernünftige, vielleicht sogar mal ernsthafte Gespräche, waren am Abend mit ihm nur noch selten möglich. Die Sexualität blieb fast ganz auf der Strecke. Am sozialen Leben nahmen die Beiden immer seltener teil. Wenn Julia diese Themen in letzter Zeit ansprach, reagierte Jens stets gereizt. Schließlich habe Julia ihn ja auch so kennengelernt. Auch vor vier Jahren, als die zwei ein Paar wurden, rauchte und trank Jens regelmäßig. Da hatte sie ihn doch so haben wollen. Deswegen dürfe sie sich jetzt

darüber nicht beschweren, Das tat sie auch nicht, zumindest nicht direkt. Allerdings blieb Jens irgendwann nicht mehr verborgen, dass Julias Unmut wuchs, die Unzufriedenheit zunahm und ein drohender, so bislang noch nicht erlebter Konflikt in der Luft lag.
Bis er jedoch die Ursache dafür erkannte, hatte es einige Zeit bedurft.
Zuerst schob er den Stress im Beruf vor, dann eine generelle Sinn- und Lebenskrise, die er dem endgültigen Entwachsen seiner längst vergangenen Jugendjahre zuschrieb, und zuletzt die herbstliche Witterung, die einem ja auch auf das Gemüt schlagen konnte.
Was den eigentlichen Ausschlag gab, dem allabendlichen Berauschen ein Ende zu setzen, konnte Jens gar nicht mehr zurückverfolgen. Möglicherweise lag es an den nicht enden wollenden Hustenanfällen nach dem Aufstehen, vielleicht aber auch an der immer offensichtlicheren sexuellen Unlust. Seine generelle Gleichgültigkeit gab ihm ebenfalls immer häufiger zu denken. Ein Hauptgrund war aber sicher ein Gespräch mit seinem Freund Markus, das er kurz vor Weihnachten geführt hatte.

Markus war einer der wenigen aus Jens' Bekanntenkreis, der noch mehr Hasch rauchte als er selbst, und der auch beim Alkoholtrinken keinen Deut hinterherhinkte. Bei Markus waren die Langzeitfolgen des Konsums bereits ausgeprägter festzustellen. Seine Aktivitäten in der Freizeit beschränkten sich nur noch auf die Aufnahme fester und flüssiger Nahrung, während er sich von debilen Fernsehsendungen berieseln ließ. Alles, was darüber hinausgehen könnte, war Markus zu anstrengend. Die Trägheit, die sich bei jedem, der Hasch konsumiert, früher oder später einstellt, setzte bei ihm stets umgehend ein. Sobald Markus nach

Hause kam, setzte er sich auf sein Sofa, griff zur Bong und rauchte gleich mehrere Züge hintereinander weg. Von diesem Moment an war mit ihm nicht mehr viel anzufangen. Das einzige, wozu er sich noch einmal vom Sofa erhob, war Essen. Schließlich ist eine Nebenwirkung des Kiffens ein großes Hungergefühl. Und dieses galt es für Markus umgehend zu befriedigen.
Eine andere Form der Befriedigung wurde ihm auch nicht zuteil, denn seine Lebensführung führte dazu, dass er so gut wie keine sozialen Kontakte pflegte und somit auch keine Frauen kennenlernte, geschweige denn eine intime Beziehung aufbauen konnte.
Als Jens ihn darauf ansprach, ob ihm denn in seinem Leben nichts fehlen würde, ob er sich nicht mal nach Zweisamkeit sehnte, ob er mit dem berauschten Alleinsein auf Dauer glücklich wäre, antworte ihm Markus nur, er fühle sich rundum wohl.
Jens war klar, dass sich Markus natürlich nur etwas vormachen würde. Er war sich sicher, dass kein Mensch im Alter von dreißig Jahren glücklich und zufrieden damit ist, Abend für Abend alleine vor dem Fernseher zu liegen. Doch das wollte Markus ihm gegenüber, auch nach mehrmaligem Nachhaken, nicht zugeben. Nein, das wollte Markus sich auch selber nicht eingestehen. Und Jens glaubte zu wissen warum. Markus war sich seiner tragischen Situation überhaupt nicht bewusst. Er erkannte gar nicht, dass sein Leben ziemlich leer war. Das führte Jens auf den hohen Haschkonsum zurück. Denn um sich seiner Lage bewusst zu werden, muss man sich damit auseinandersetzen und anfangen, zu reflektieren. Also das, was man zwangsläufig vor dem Einschlafen macht. Oder wenn man sich einfach mal die Zeit nimmt, darüber ausgiebig nachzudenken. Aber genau das wollte Markus nicht.

Er drückte sich regelrecht davor und hatte wahrscheinlich sogar Angst, der Wahrheit ins Auge zu sehen. Aus diesem Grund dichtete er sich in jeder freien Minute dermaßen heftig ab, dass er kaum noch einen strukturierten und klaren Gedanken fassen konnte. In diesem Zustand war Markus damit geistig genug gefordert, dem seichten Fernsehprogramm zu folgen. Vor dem Zubettgehen war es ein Ritual, noch einmal so viele Züge aus der Bong zu nehmen, bis er völlig benebelt auf die Matratze sank und sofort in einen traumlosen Schlaff fiel. Denn gerade vor dem Schlaf kommen die Ängste, Sorgen und Nöte hoch und befallen deine Gedanken. Und die verdrängte Markus Tag für Tag seit vielen, vielen Jahren. So kam es dann auch, dass er allen Ernstes behauptete, sich rundum wohl zu fühlen.
Das machte Jens Angst. So wollte er nicht enden. Zwar hatte er mit Julia eine Freundin und einen angenehm großen Freundes- und Bekanntenkreis, aber war er deswegen glücklich? Es musste doch auch bei ihm einen Grund geben, warum er sich jeden Abend bekiffte. Bei Markus lagen die Gründe auf der Hand. Aber seine eigenen Gründe? Außerdem stellte Jens sich die Frage, wie lange sein Umfeld ihn noch als permanent bekifften Typen ertragen würde. In seiner Beziehung mit Julia kriselte es deswegen ja bereits.
In den Tagen nach seinem Gespräch mit Markus dachte Jens viel über seinen täglichen Drogenkonsum nach, ohne diesen auch nur ein wenig zu drosseln oder etwa ganz aufzugeben.
Über die Weihnachtstage besuchte er seine Eltern und behielt auch dort seine Gewohnheiten bei, bis er kurz vor Silvester wieder zurück nach Hamburg fuhr und sich auf das Wiedersehen mit Julia freute. Die ganze Zugfahrt über dachte er an sie. Doch kaum, dass er in ihrer gemeinsamen Wohnung angekommen war, machte er sich über seine Haschvorräte her

und verfiel umgehend in die altbekannte Lethargie. Kein Sex also, sondern wieder einmal Marihuana und Bier.

Als Jens am nächsten Morgen mit schwerem Kopf erwachte, wurde ihm klar, dass er etwas ändern musste. Sein Leben sollte nicht weiter in diesem Trott verlaufen. Er wollte andere Eindrücke von der Welt bekommen. Endlich mal wieder das Gefühl haben, nüchtern einzuschlafen und mit klarem Kopf aufzuwachen. Dinge intensiv erleben. Emotionen bei vollem Bewusstsein spüren. Das wollte er. Und da Silvester vor der Tür stand, bot sich der Zeitpunkt für den Start ins neue Leben ja geradezu an.

In zwei Tagen sollte es also soweit sein. Dann würde er sein Leben radikal verändern. Nach all den Jahren würde es sich nicht einfach werden, mit den lieb gewonnenen Gewohnheiten zu brechen. Wie würde er physisch und vor allem psychisch darauf reagieren? Seiner körperlichen Verfassung traute er durchaus zu, mit den neuen Umständen fertig zu werden. Wie aber sah es seelisch aus? Was würde sich in seinem Kopf abspielen, wenn dieser nicht mehr jeden Abend vernebelt wäre? Käme er mit diesem neuen, für ihn fast fremd gewordenen Zustand klar?

Es regten sich berechtigte Zweifel in ihm. Er besann sich aber auf die letzten Wochen und Monate und führte sich immer wieder Markus vor Augen. Dieser wurde somit, ohne dass er davon ahnte, zur größten Motivationshilfe für Jens.

Der Silvestertag brach an und Jens wurde sich dessen bewusst, dass es der vorerst letzte Tag in Gesellschaft von König Alkohol und Königin Haschisch sein würde. Ihm wurde bei dem Gedanken daran etwas mulmig. Sollte er heute noch einmal alles geben und es so richtig krachen lassen? Das bisherige Leben mit einem großen Knall hinter sich bringen?

Oder war es ratsam, den Konsum schon mal einzuschränken, damit die Entwöhnung am nächsten Tag nicht allzu krass ausfallen würde?
Er entschied sich für die erste Möglichkeit und öffnete sich bereits am frühen Nachmittag sein erstes Bier und zog mehrmals an seinem Bong. Zwei Stunden später war Jens schon so platt, dass er sich schlafen legte.
Zum Silvesterdinner war er wieder wach und trank weiter. Den ganzen Abend durch. Um vier Uhr in der Früh kam er mit Julia nach Hause und stellte fest, dass es nun an der Zeit war, den neuen Lebensabschnitt einzuleiten und den alten zu verabschieden. Am besten mit dem allerletzten Bier und dem kleinen Rest Hasch, den Jens noch in seiner Schublade aufbewahrt hatte. Da sein Konsum aber den ganzen Abend über schon so beträchtlich war, reichte es locker aus, um ihn in die Waagerechte zu befördern. So im Bett liegend und auf den Schlaf wartend begann sich für Jens alles um ihn herum zu drehen. Ihm wurde so schwindelig, dass er aufs Klo stürmen und sich schweren Herzens vom köstlichen Abendessen verabschieden musste. Ein grandioser Abgang. Die Zeit des maßlosen Alkoholtrinkens und Haschrauchens fand ein spektakuläres Ende.
Am folgenden Tag ging es Jens ausgesprochen schlecht. Der nächtliche Absturz nagte gehörig an seinem Wohlbefinden. Früher trank er, um gegen einen solchen Zustand anzukämpfen, einfach eine Flasche Bier und rauchte einen Joint. Das half meistens sehr schnell. Doch damit war ja nun Schluss. Also probierte er es mit Tee und Saft, kam aber aus diesem Grund den ganzen Tag über nicht in Form. Und als die Nacht anbrach wurde er immer wacher. An Schlaf war nicht zu denken. Jens wälzte sich im Bett hin und her, zählte Schafe und dachte an vergangene, schöne Momente, die er fast ausschließlich im

Rausch erlebt hatte. Nichts davon half. Das einzige, das sich bei ihm einstellte, waren Schweißausbrüche und ein unkontrolliertes Beinzucken. Als irgendwann der Wecker klingelte, fühlte er sich komplett gerädert. So erging es ihm auch in den folgenden zwei Nächten. Bis endlich das Wochenende vor der Tür stand und Jens hoffte, ausschlafen zu können.
Er blieb seinen Vorsätzen treu. Zwar war er wahnsinnig gereizt und unausgeglichen, versuchte sich aber, so gut es ging, zusammenzureißen.
Als er am Freitagabend mit seinem Freund Rolf in einer Bar saß, befiel ihn ein unglaublicher Bierdurst. Doch es galt sauber zu bleiben. So bestellte Jens eine Bionade und kam sich dabei mächtig blöd vor. Mit Unlust trank er diese und ging danach nach Hause. Länger wollte er es in einer Bar ohne Alkohol, Nikotin und Hasch nicht aushalten müssen. Als er sich kurz nach elf ins Bett legt und auf eine erneute unruhige Nacht einstellte, geschah es. Er schlief ein und wachte erst am nächsten Morgen wieder auf. Die erste Nacht ohne berauschten Kopf, in der er gut geschlafen hatte. Und noch etwas war neu. Er hatte geträumt. Nichts Spektakuläres, aber er konnte sich an Bruchstücke des Traumes erinnern. Ein Empfinden, dass ihn an seine Jugend erinnerte. Denn seitdem er regelmäßig Hasch rauchte, fiel er abends stets in einen traumlosen Schlaf, aus dem er morgens ermattet erwachte. Das war nun vorbei. Darüber freute sich Jens.
Julia war froh über Jens' eisernen Willen. Ihr gefiel sein neuer Körpergeruch, der nicht mehr von Alkohol- und Tabakaromen durchtränkt war. Ab und an hatte sie mit seinen Gemütsschwankungen zu kämpfen, hoffte aber, dass dies nur vorübergehende Erscheinungen seien und zog daher eins ums andere Mal zurück, auch wenn sie sich im Recht wähnte. Sie schliefen auch wieder miteinander.

Jens sensibilisierte immer mehr und lag nicht mehr von den Drogen betäubt neben ihr. Es schien in ihrer Beziehung aufwärts zu gehen.

In der darauf folgenden Woche besuchte Jens Markus. Er erzählte ihm stolz von seiner Entgiftung und Entwöhnung. Ihm ginge es viel besser, endlich seien seine Lebensgeister zurückgekommen, jeden Tag stecke er wieder voller Motivation, etwas zu erleben, zu leisten und zu lernen. Er wolle wieder Ziele erreichen. Überhaupt habe er erst wieder angefangen, sich Ziele zu setzen. Markus hatte dafür wenig Verständnis. Er öffnete sich ein Bier und rauchte einige Züge durch seine Bong. Jens hörte auf, Markus von den Vorteilen seiner neuen Lebensführung zu erzählen. Er trank sein Glas Wasser aus und verabschiedete sich.

Auf dem Heimweg dachte er über sich und Markus nach. Er sah sich auf dem richtigen Weg. Markus lag falsch. Diese Erkenntnis machte Jens froh. Als er sich daran erinnerte, wie er noch bis vor zwei Wochen an seinem Schreibtisch saß und durch seine stinkige Bong rauchte und sich die Sinne vernebelte, musste er lachen. Er lachte laut über sein zurückliegendes Ich. Es erschien ihm absurd und weit, weit weg. Sein Leben, das, was er daraus machte, hatte sich verändert. Zum Positiven hin.

Jens lachte immer noch, als ihn eine laute Hupe aus seinen Gedanken riss. Die Scheinwerfer des LKW blendeten ihn. Sie waren schon so nah.

Spaziergang

Ich ziehe die alte Holztür zu. Das eingebaute Schloss, aus dem sich bereits die Schrauben lösen, schließt schwer. Ich ziehe den Knauf noch einmal ruckartig zu mir hin. Es knackt, und die Wohnung ist zu. Zur eigenen Beruhigung drehe ich den Schlüssel noch einmal um, damit es die potenziellen Einbrecher etwas schwerer haben würden. Mit einem gezielten Tritt würde sich aber sicher jeder Lausbub Einlass verschaffen können. Das weiß ich.
Ein kurzer Blick auf das eingerissene Punk-Poster an der Tür. Ich drehe mich um und lasse die eigenen vier Wände hinter mir.
Jetzt gilt es abzuwägen. Überwinde ich die acht Stockwerke unter meiner Wohnung mit Hilfe des Aufzuges oder per pedes über die Treppe? Da der Aufzug in der achten Etage nicht auf mich wartet, entscheide ich mich für die zweite Variante. Runter geht es ja noch, rauf ist es eine wahre Qual und nur echten Fahrstuhlphobikern zu empfehlen. Frohen Mutes hüpfe ich die Stufen hinab, von Stockwerk zu Stockwerk umhüllt von wechselnden Gerüchen und Aromen, die den einzelnen Wohnungen entströmen. Hinter jeder Tür wohnt eine andere Person, und jede dieser Personen sorgt nun einmal für einen anderen Geruch in ihrer Wohnung. Aber eines haben all diese Gerüche gemeinsam. Sie stinken. Jeder für sich und zusammengemischt kaum auszuhalten. Lediglich aus der Wohnung von Rosi Reismann, der Oma direkt unter mir, nehme ich den appetitlichen Duft von frisch gebratenen Champignons wahr. Direkt gegenüber beginnt aber bereits der Horror. Dort wohnt diese alleinstehende Sachbearbeiterin mit Torschlusspanik, die sich tagtäglich in derart

streng riechende Parfümwolken hüllt, dass einem regelmäßig davon schlecht wird. Links von ihr wohnt der Pfeifenraucher, der dank seiner Leidenschaft stets dafür sorgt, dass mir im Aufzug oder Treppenhaus das Frühstück noch einmal durch den Kopf gehen möchte. Als nächstes kommt die Wohnung des weißhaarigen Mannes mit den hyperproduktiven Schweißdrüsen. Vor seiner Wohnung hat man das Glück, kalten Rentnerschweiß riechen zu dürfen. Die letzte Partei auf dieser Etage bildet ein Türke von Anfang zwanzig, der, das lassen seine oftmals Blut unterlaufenen Augen erahnen, ziemlich häufig die Friedenspfeife kreisen lässt. Doch leider finden wir hier nicht den reinen, leckeren Duft von Marihuana vor, sondern einen ziemlichen Muff. Und so zieht es sich Stockwerk für Stockwerk weiter nach unten.

Als ich im vierten Stock ankomme und bereits die Luft anhalte, um dem Gestank aus der Junkie-Wohnung zu meiner Rechten zu entgehen, sehe ich, dass der Fahrstuhl hier steht. Ich beschließe, die zweite Hälfte meines Abstiegs nun mit diesem fortzuführen.

Nachdem ich ihn betreten habe und kaum dass sich die Tür geschlossen hat, bereue ich den Entschluss. Denn kurz vor mir muss das dicke Vollmondgesicht mit seinem Rottweiler den Aufzug benutzt haben. Das Gebräu aus Menschenschweiß und nassem Hund ist kaum auszuhalten. Ich zähle die Sekunden bis der Fahrstuhl unten angekommen ist. Wenn ich von ganz oben mit dem Aufzug nach unten fahre, dauert es genau 28 Sekunden, sofern er keinen Zwischenhalt einlegen muss. Vom vierten Stock dürfte es ungefähr die Hälfte sein. Es quietscht und knarrt, als würde der Fahrstuhl in seinen letzten Zügen hängen und nicht an hoffentlich reißfesten Drahtseilen.

"Schindler's Aufzüge seit 1892" lese ich auf einem kleinen Schildchen neben den Bedienungsknöpfen. Beim Betrachten des Aufzugskorbes frage ich mich, ob es sich vielleicht um eines der ersten Modelle aus dem Hause Schindler handelt.

Vierzehn, fünfzehn, sechzehn - mit einem heftigen Ruck kommt der Aufzug zum Stehen und die Tür schiebt sich langsam wie von Geisterhand auf. Schnurstracks steuere ich die Briefkästen an, öffne den meinen und entnehme ihm eine Rechnung und eine Bestellkarte für den benachbarten Pizza-Service. Mir gegenüber steht Rosi Reismann und gießt die Pflanzen in einem Blumenkübel neben der Fensterseite des Treppenhauses. Darum kümmert sie sich. Ich glaube fast jeden Tag.

„Schönen guten Morgen. Heute haben wir aber Glück mit dem Wetter." Entwich ihrer Wohnung gerade noch der köstliche Duft von Gebratenem und Gesottenem, so lässt ihr Mundgeruch nun erahnen, dass ihre dritten Zähne heute noch keinen Reiniger und ihr restliches natürliches Gebiss noch keine Zahnbürste zu Gesicht bekommen haben. Mundgeruch ist einer der Schlimmsten.

„Morgen. Ja, da haben sie wohl Recht. Deswegen muss ich jetzt auch schnell los."

Ein sehr tiefgründiges Gespräch, was mir in all seiner Horizonte öffnenden Tragweite zu diesem Zeitpunkt noch gar nicht ganz bewusst ist.

Eiligen Schrittes verlasse ich das Haus durch die gläserne Eingangstür.

Ich atme tief ein, um meiner Nase nach dieser Tortur des häuslichen Abstiegs ein wenig Frischluft zu gönnen. Doch da habe ich leider die Rechnung ohne den Wirt, in diesem Fall die angrenzenden Deutschen Hefewerke, gemacht. Da der Hamburger an sich, und ja wahrlich nicht nur der, sehr gerne und sehr oft Bier trinkt, steht die Produktion in dieser Fabrik zur Rohstoffverarbeitung nur äußerst selten still. Nach all dem Gestank in meinem Treppenhaus ist der Geruch von heiß aufgekochter Hefe gar nicht mal der übelste, aber dennoch weit von Frischluft entfernt. Zügig lasse ich unser Haus hinter mir und gehe den Bürgersteig in Richtung Bushaltestelle entlang. Die vierspurige Straße zu meiner Rechten ist stark befahren, und der Verkehr schiebt sich an meiner Seite im Schritttempo vorbei. Es weht kaum ein Windzug, so dass die Abgase in der Luft zu stehen scheinen. Smog ahoi.

Nach rund 300 Metern habe ich die Bushaltestelle erreicht. Zu meinem Glück trifft der Bus fast zeitgleich mit mir hier ein. Der Fahrer öffnet die Tür für mich, und ich steige ein. Kaum dass ich meinen Fuß hineingestellt habe, trifft mich erneut der Schlag. Ich habe das Gefühl, durch eine unsichtbare Wand zu schreiten, hinter der die Luftdichte und -feuchtigkeit doppelt so hoch ist wie draußen. Die Tür hinter mir schießt sich, und der Bus fährt los. Es ist furchtbar stickig. Die Fenster lassen sich nicht öffnen. Wegen der Klimaanlage. Doch die scheint ausgefallen zu sein.

Einen Sitzplatz finde ich nicht, benötige ich aber auch nicht zwingend, da ich bereits an der kommenden Haltestelle in die U-Bahn umsteigen werde. Doch selbst diese kurze Fahrt zieht sich in die Länge wie Kaugummi unter der Schuhsole. Jede der vier Ampeln, die wir passieren, springt kurz vorher auf Rot um, so dass der Busfahrer jedes Mal anhalten und warten muss. Nach einer gefühlten Ewigkeit erreichen wir den Busbahnhof, von wo aus die U1 in Richtung Innenstadt fährt.

Ohne weiter Notiz von meiner Umwelt und ihren Gerüchen zu nehmen, hüpfe ich die Stufen hinunter in den Untergrund und erreiche gerade noch

die eben eingefahrene U-Bahn. Endlich lasse ich meinen Stadtteil, mein gewohntes Umfeld hinter mir. Durch die geöffneten Oberlichter strömt kühler Fahrtwind in den Waggon. Zum ersten Mal an diesem Tag weht mir so etwas wie Frischluft um die Nase.
Ich frage mich, ob diesen olfaktorischen Torturen viele Menschen auf dem alltäglichen Weg zur Arbeit ausgesetzt sind oder ob es in meinem Haus und in meinem Viertel besonders schlimm ausgeprägt ist. Vielleicht sollte ich fortziehen. An einen Ort zum Atmen, zum Innehalten und Ruhefinden. Aber dazu müsste ich Hamburg wohl den Rücken kehren. Und das wiederum will ich ja auch nicht.

Kokain

Also der Kopf tat schon nicht mehr weh, so sehr drückte mir das Hirn an die innere Schädelwand. Können Köpfe einfach so zerplatzen? Ich erinnerte mich daran, wie ich als kleiner Junge mal mit China-Krachern auf dem Feld eines benachbarten Bauern Blumenkohlköpfe hochgehen ließ. Die sind einfach explodiert, nachdem ich den Böller hineingesteckt und angezündet hatte. Jetzt, rund zwanzig Jahre später, befiel mich die Angst, etwas Ähnliches könnte unter Umständen auch mit meinem Denkapparat passieren. Ich versuchte, mich, auf andere Körperregionen zu konzentrieren. Doch damit verhielt es sich nicht unbedingt besser mit. Ich hatte das Gefühl, durch meine Venen würde flüssiger Stahl gepumpt. Nicht weil ich mich so stark fühlte, sondern ganz einfach zu schwer. Jede meiner Extremitäten wog so viel wie ein Kleinwagen. Ich konnte kaum einen Arm heben, um an meine Armbanduhr zu gelangen, die ich neben dem Bett vermutete. Wie spät mochte es wohl sein? Die Sonne schien bereits durch den dünnen Stoff meines Rollos. Nach einer halben Ewigkeit konnte ich endlich meine Uhr greifen und erkannte, dass der Zeiger auf kurz nach zwei stand. Na gut, mittags. Wenn man erst morgens zu Bett geht, eine ganz normale Zeit um aufzustehen.
Umständlich kramte ich nach einer Flasche Wasser, die vor ein paar Tagen unters Bett gerollt war. Rein mit dem kühlen Nass. Ich hoffte dadurch auf Linderung. Vielleicht war es Einbildung, aber ich hatte beim Trinken des abgestandenen Mineralwassers das Gefühl, dass einiger Schlick, der da oben bei mir festsaß, heruntergespült wurde und ich so etwas wie einen klaren

Gedanken fassen konnte. Ich fragte mich, was gestern vorgefallen war, dass ich mich heute so fühlte, wie von einer Dampfwalze geküsst.
Sofort fiel es mir wieder ein. Patrick hatte Kokain dabei gehabt und er hatte sich nicht gescheut, mich umgehend auf eine Nase einzuladen. Kaum dass wir das „Rockpoint" gegen Mitternacht betreten hatten, zog er mich aufs Klo und legte zwei lange Lines auf dem Spülkasten in einer Kabine zurecht. Dann rollte er einen Geldschein zusammen und zog sich die rechte der beiden Lines in einem Zug rein. Dann reichte er mir das Geldscheinröhrchen, und ich tat es ihm gleich. Er klopfte mir auf die Schulter und meinte, wir müssten nun dringend zum Nachspülen gehen. Am Tresen bestellte ich zwei große Biere, die wir in kurzer Zeit austranken. Danach gab es umgehend die nächste Runde, eine dritte folgte wenige Minuten später. In der Zwischenzeit hatte das Kokain in mir seine volle Wirkung entfaltet. Ich fühlte mich erhaben, sah auf die anderen Besucher des „Rockpoints" herab, hielt mich für den aufregendsten Typen des Abends und glaubte, niemand hier könnte mir nur annähernd das Wasser reichen. Außer vielleicht Patrick. Der stand genauso großspurig am Tresen rum wie ich.
Nachdem ich die anderen Gäste, insbesondere die weiblichen, aufs Genaueste gemustert hatte, beschloss ich, beim nächstbesten Lied die Tanzfläche zu entern. Doch während ich schweigend auf das passende Stück wartete - eine Unterhaltung mit Patrick war bei der Lautstärke im „Rockpoint" nicht möglich – glaubte ich, die Wirkung des Kokains würde bereits nachlassen. Also schrie ich Patrick unverblümt ins Ohr, dass ich gerne noch einen nachlegen würde. Patrick nickte nur und bahnte sich vor mir einen Weg zur Toilette. Wir

wiederholten das Prozedere von vorhin und gingen danach direkt zur Tanzfläche.
Wir lehnten uns lässig an einen Pfeiler, von wo aus wir einen guten Überblick über die tanzende Menge hatten. Mir fiel eine große, schlanke Frau auf, die sehr extrovertiert mit den Armen in der Luft wirbelte, ihren Kopf immer wieder nach rechts und links zur Seite warf und dabei stets ihre Augen verdrehte. Sie wirkte ein wenig wie in Trance. In Wirklichkeit war sie wohl einfach nur genauso voll mit Drogen wie Patrick und ich. Als wenig später ein schnelleres Punk-Stück vom DJ aufgelegt wurde, fing auch ich an zu tanzen, oder vielmehr mich unkontrolliert zuckend zu bewegen. Bei langsamer Musik wäre es mir überhaupt nicht möglich gewesen, ohne mich sogar vor mir selber zum Hansel zu machen. Bei schnellerer Musik hatte zumindest ich das Gefühl, irgendwie so etwas wie cool rüberzukommen. Stück für Stück näherte ich mich während des Liedes der großen, schlanken Frau, die mich inzwischen wohl auch wahrgenommen hatte. Das bildete ich mir zumindest ein. Doch dann war das Lied zu Ende, der DJ entschied sich für eine gemächliche Reggae-Nummer und ich zog mich mit Patrick, der die ganze Zeit über an der Säule gestanden hatte, zurück zum Tresen.
Diesmal bestellten wir uns zu unserem Bier noch jeweils einen Wodka auf Eis. Was muss, das muss, sagte Patrick und lachte. Auf Ex, erwiderte ich und schüttete mir das kalte Getränk in den Rachen. Ich schloss die Augen und schüttelte mich kurz. Als ich die Augen wieder öffnete, stand plötzlich die große Frau von der Tanzfläche vor mir und schaute mich an. Hatte sie etwas gesagt und wartete auf eine Antwort? Ich wusste nicht, wie ich mich verhalten sollte. Aus Verlegenheit

suchte ich Blickkontakt zu Patrick, der aber, wie immer, wenn er Kokain genommen hatte, apathisch vor sich hin und durch mich durch schaute. Also drehte ich mich wieder der Frau zu und drückte mir ein Hallo raus. Sie guckte mich fragend an und wollte wissen, soweit ich das verstehen konnte, ob wir uns irgendwoher kennen würden. Ich schrie ihr ins Ohr, dass ich ihr etwas zeigen wollte und deutete zur Toilette hin. Sie stutzte, ging dann aber tatsächlich in die Richtung. Schnell zupfte ich an Patricks Jacke und gab ihm zu verstehen, dass er mir sein Kokain-Briefchen zustecken möge, was er auch kommentarlos tat.
Vor den Toilettenräumen wartete die große Frau auf mich. Ich stellte mich vor und führte sie in eine Kabine auf dem Herrenklo. Hemmungen hatte ich dank des konsumierten Kokains keine mehr. In der Kabine holte ich das Briefchen raus, schüttete nicht wenig von dem Kokain auf den Spülkasten und wollte hinter uns abschließen. Da pöbelte mich die große Frau, deren Namen ich immer noch nicht kannte, an, ich solle mich verpissen mit meinen Scheißdrogen. Mehr kam nicht mehr, da war sie schon verschwunden. Ich stutzte, legte dann aber aus dem schon ausgeschütteten Häufchen Kokain zwei Lines zurecht und zog sie mir in die Nase.
Und was passierte dann weiter? Ich habe keine Ahnung. Jetzt liege ich im Bett und fühle mich elend. Wie ich hier herkam, weiß ich nicht. Wie der Abend weiter verlief auch nicht. Irgendwie habe ich das dumpfe Gefühl, Kokain ist doch nicht meine Droge.

Namenlos

„Hast du nicht vielleicht noch ein paar Euro für zwei Bier?", fragte mich das Mädchen, das mir gegenüber saß.
„Ich denke schon. Schließlich hat der Monat gerade erst angefangen und ein bisschen von meinem Gehalt ist ja noch da."
Ich ging zur Bar und bestellte zwei Flaschen Astra. Spaßgranaten. Stimmungshülsen. Es war für mich nicht das erste Bier des Abends. Ich versuchte nachzuzählen, als ich darauf wartete, dass mir der Barmann die zwei Knollen über den Tresen reichen würde. Zuerst hatte ich zwei Bier zu Hause getrunken, dann eine Dose in der U-Bahn zum Kiez. Dort angekommen gab es eins in „Rosis Bar" und nun das wohl dritte im „Seemannsgarn". Bis dahin war alles in Ordnung. So lange ich mich noch daran erinnern konnte, was und wie viel ich im Laufe des Abends trank, fühlte ich mich auf der sicheren Seite.
Ich bekam die zwei Flaschen Bier, ging zurück zum Tisch und drückte dem Mädchen eine davon in die Hand.
„Hier, bitte schön. Und jetzt verrätst du mir endlich deinen Namen." Seit einer Stunde schon unterhielt ich mich mit ihr und hatte mich bereits vorgestellt. Ihren Namen verschwieg sie mir beharrlich. Zwar wusste ich inzwischen, dass ihr Hund fast blind war und auf den Namen Paule hörte, dass ihre Mutter gerne mal einen Joint mit dem Töchterchen rauchte, dass ihre Arbeit in einer Großschneiderei nicht mehr Kreativität verlangte als die eines Buchhalters, und dass sie mal einen Freund hatte, der fast perfekt in diversen Kampfsportarten ausgebildet war, der aber einer Mücke an der Zimmerdecke nicht zu Leibe rücken konnte. Doch ihren Namen hatte mir das Mädchen nicht verraten. Dabei hatte ich sie schon vor

zwanzig Minuten danach gefragt. Bereits da wich sie mir aus, indem sie sich auf die Toilette entschuldigte.
„Namen sind Schall und Rauch. Wahrscheinlich sehen wir uns eh nicht wieder. Wozu willst du dann meinen Namen wissen?"
„Vielleicht sehen wir uns ja doch wieder. Und dann begrüße ich dich mit 'hallo Mädchen von neulich', oder wie hast du dir das vorgestellt?"
„Wenn es wirklich so weit kommt, dass wir uns erneut über den Weg laufen, werde ich dir meinen Namen schon noch verraten."
Diese Frau war anscheinend etwas verrückt. Vielleicht hatte die Mutter doch einige Joints zu viel mit ihrer Tochter geraucht. Warum machte sie nur so ein Geheimnis um ihren Namen? Wahrscheinlich hieß sie Sandra, Sabine, Susanne oder Sonja. Irgendetwas Geläufiges. Ein Name, bei dem niemand aufhorcht oder stutzt. Daher versuchte sie wohl, sich auf diese Weise interessanter zu machen, als es ihr Vorname hergab.
„Wenn du meinst", rang ich mir ab. „Wie soll ich dich denn im weiteren Verlauf des Abends ansprechen?"
Vielleicht sollte ich das gar nicht mehr tun. Einfach schnell mein Bier austrinken und nichts wie weg. Solche Frauen bringen einem meist nur Ärger ein.
„Bleib doch einfach beim Du. Das klappte bislang ja auch ganz gut und sollte reichen. Deinen Namen kenne ich zwar, habe ihn aber noch nicht einmal benutzt. Wieso solltest du also meinen gebrauchen müssen?"
Jetzt war es klar. dieses Mädchen tickte nicht ganz richtig. Leider machte sie gerade das eben auch doch interessant. Außerdem sah sie verdammt gut aus. Sie hatte ein hübsches Gesicht, kurze blonde Haare und große blaue Augen. Ihr Lächeln war süß, wenn auch meistens etwas verklärt. Doch das schob ich dem Alkohol in die Schuhe.

„Nun denn, Mädchen ohne Namen, gibst du dich immer so reserviert, wenn du jemanden kennenlernst?"
Ich hoffte, sie mit dieser kleinen Provokation etwas aus der Reserve locken zu können.
„Wieso reserviert? Nur weil ich mich hier nicht gleich als Thusnelda bei dir vorstelle? Ich habe dir schon einiges über mich erzählt. Da kannst du doch jetzt nicht kommen und sagen, ich sei reserviert."
Ich wurde aus dem Mädchen nicht schlau. Mich befiel immer mehr das Gefühl, dass sich das im Laufe des Abends auch nicht mehr ändern würde.
Als ich in „Rosis Bar" anfing mich zu langweilen, was bereits nach fünf Minuten passierte, weil keine Freunde anwesend waren, wechselte ich schnell die Bar und war so im „Seemannsgarn" gelandet, wo mich das Mädchen ziemlich direkt angesprochen hatte. Ob ich denn wohl Feuer für sie hätte. Ich bejahte und wunderte mich im selben Augenblick, dass sie gar keine Zigarette in der Hand hielt. Doch bevor ich sie darauf aufmerksam machen konnte, sagte sie nur, dass sie selber kein Feuer hätte, da sie seit über zwei Jahren nicht mehr rauchte. Ich lachte etwas unbeholfen über diesen schlecht einstudierten Witz. Sie lachte nicht, sondern fragte mich stattdessen, ob ich das lustig fände. Ich verneinte und gab zu, einzig und allein der Höflichkeit wegen gelacht zu haben. Das fand sie dann falsch und unehrlich. Aber immerhin würde ich ihren Spruch nicht ernsthaft komisch finden. Denn das wäre er nicht. So war ich mit diesem merkwürdigen Mädchen ins Gespräch gekommen.
Die Tür des "Seemannsgarns" ging auf und mein alter Freund Matze kam herein. Er ließ seinen Blick herumschweifen und entdeckte mich. Er kam auf mich zu und gab mir die Hand. Wir tauschten ein paar Floskeln aus, ehe er mich nach meiner Begleitung fragte.
"Willst du mich nicht mal vorstellen? Ich kenne die Dame ja gar nicht."

In ihre Richtung sagte er: "Ich bin der Matze."
„Doch, das würde ich gerne. Aber bisher hat sie sich mir auch noch nicht vorgestellt. Ihr Hund heißt Paule, das weiß", konterte ich halb in Matzes, halb in ihre Richtung.
„Wer bist du denn? Kommst hier an, störst uns in unserer Unterhaltung und drängst dich mir jetzt auch noch penetrant auf", fuhr das Mädchen Matze an. Dieser schaute aufgrund der plötzlichen Attacke reichlich irritiert drein.
„Wer ich bin, willst du wissen? Ich bin jemand, der gelernt hat, sich zu benehmen und auch weiß, dass dazu gehört, sich vorzustellen, um dem Gegenüber eine angenehme Gesprächsebene zu bereiten." Jetzt wand sich Matze mir zu. „Wo hast du die denn aufgegabelt? In Ochsenzoll? Aber soll mir ja egal sein. Ich verschwinde mal wieder. Hier ist ja eh nicht viel los. Und viel Spaß noch mit Fräulein Namenlos." Ich verabschiedete mich von Matze und schaute ihm hinterher, wie er das „Seemannsgarn" wieder verließ.
„Warum hast du das gemacht? Es gab überhaupt keinen Grund, Matze so anzufahren. Das ist ein guter Freund von mir."
„Das ist ja schön für dich. Für mich allerdings nicht, denn er ist kein Freund von mir und wird es höchstwahrscheinlich auch nicht werden."
„Mit ziemlicher Sicherheit nicht. Ich wüsste nämlich kaum, warum er sich mit dir noch anfreunden sollte, wo du ihn so blöde von der Seite angemacht hast."
Langsam stieg so etwas wie Wut in mir auf. Was bildete sich dieses Mädchen eigentlich ein? Bekommt von mir ein Bier spendiert, verrät mir nicht ihren Namen und legt sich nun auch noch mit meinem Freund an. Zur Krönung gibt sie sich stur und bockig. Warum sollte ich mich, obwohl sie ja zugegebener Maßen hübsch war, weiter mit ihr herumplagen?

Während ich darüber nachdachte, musste ich sie geistesabwesend angestarrt haben, bis mir die Situation bewusst wurde, ich den Kopf schüttelte und etwas vor mich hinmurmelte wie: „Das habe ich echt nicht nötig." Ich war im Begriff mein Bier auszutrinken und mich aus dem Staub zu machen. Doch mit einem Mal wurde sie ganz handzahm und versuchte mich zu beschwichtigen:
„Es tut mir leid. Ich habe nur schon so viele schlechte Erfahrungen mit Typen gemacht, die mich in irgendwelchen Bars anquatschen."
Logisch erschien mir das jetzt nicht, denn schließlich hatte sie mich angequatscht und auch Matze kam auf mich und nicht auf sie zu, doch ihr inzwischen friedlich säuselnder Tonfall ließ mich nicht mehr lange sauer auf sie sein. Sie erschien mir mit einem Mal wie ein kleines unbeholfenes Kind, so wie sie nun vor mir saß und an ihren Fingernägeln kaute.
„Du, ich bin echt so schlimm", sagte sie leise und ihr schüchterner Augenaufschlag traf mich voll auf die Zwölf. Der war gekonnt und verfehlte seine Wirkung nicht. So einfach ließ ich mich also um den Finger wickeln.
Im roten Schummerlicht der Bar erkannte ich nun unzählige kleine Sommersprossen auf und neben ihrer Nase. Der Versuch, das Bild eines unbeholfenen, missverstandenen Kindes abzugeben, ging auf. Dabei war sie sicher kaum jünger als ich und längst erwachsen. Aber jetzt fiel mir noch mehr auf, wie klein und zierlich sie eigentlich doch war. Ihre dünnen Ärmchen wirkten fast schon zerbrechlich.
„Was machst du denn sonst so, wenn du dich nicht gerade in Kiezkneipen herumtreibst", nahm ich den Gesprächsfaden wieder auf und versuchte so, der Unterhaltung eine andere Richtung zu geben.
„Ich habe gerade meine Ausbildung zur Schneiderin geschmissen. Das war wirklich zu langweilig.

Null Kreativität, keine Eigeninitiative, nur Arbeit nach Schema F. Aber ich will jetzt Modedesign studieren und nebenher in einem Klamottenladen in der Marktstraße jobben. Ich brauche einen neuen Kick."

„Hast du denn schon einen Studienplatz? Der ist in dem Fachbereich doch gar nicht so leicht zu bekommen, oder?"

„Noch nicht. Aber ich warte nur noch auf den schriftlichen Bescheid. Der müsste in den nächsten Tagen bei mir eintrudeln."

Ich wunderte mich ein wenig, denn soweit mir bekannt war, wurden keine Studienplätze im November vergeben. Aber was wusste ich schon vom Studiengang Modedesign.

„Das klingt ja ganz spannend", kommentierte ich ihre Pläne.

„Guck mal. Das Kleid hier habe ich selber entworfen und genäht."

Sie griff mit ihren Zeigefingern unter die beiden Träger ihres schwarzen Kleides und hob dieses dadurch etwas an. Ich schaute es mir genauer an und fand es wirklich hübsch. Es stand ihr gut.

„Schick. Und das hast du ganz alleine gemacht?", fragte ich sie mit gespielter Ungläubigkeit. Sie sollte ruhig den Eindruck bekommen, ich könne es kaum glauben, dass man ein solches Kleid in Heimarbeit herstellen konnte. In Wirklichkeit hatte sich meine ehemalige Freundin wesentlich aufwendigere Klamotten selbst genäht, ohne dafür Modedesign studiert und eine Schneiderlehre absolviert zu haben. Doch das wollte ich so nicht sagen, denn schließlich gab es an ihrem Kleid nichts auszusetzen.

„Findest du wirklich? Es ist schon etwas älter und ich habe inzwischen schon einiges mehr geschneidert, aber das hier gefällt mir immer noch gut. Deswegen ziehe ich es so gerne an."

Langsam verschwand der Ärger über ihr vorheriges Verhalten. Ihr Name interessierte mich aber immer noch. Doch würde ich sie bestimmt nicht noch einmal danach fragen.
Ich hatte inzwischen mein Bier ausgetrunken und überlegte, ob ich mir noch eines bestellen sollte. Das würde bedeuten, dass ich auch dem Mädchen ohne Namen eines mitbringen müsste. Der Höflichkeit wegen. Vor einigen Minuten noch wäre mir das nicht in den Sinn gekommen. Da war ich drauf an dran, vor diesem durchgeknallten Mädchen zu fliehen. Inzwischen aber hatte mich die Neugier gepackt. Und auch der Alkohol zeigte langsam Wirkung. Ich fand sie von Minute zu Minute anziehender.
„Hast du noch Durst? Ich hole mir noch ein Astra. Wenn du magst, bringe ich dir eins mit."
Sie schaute mich an und lächelte. Es war ein bezauberndes Lächeln. Kleine Grübchen bildeten sich auf ihren Wangen.
„Kannst du Gedanken lesen? Sehr gerne würde ich noch ein Bier trinken. Doch vorher muss ich dieses hier", sie wedelte mit ihrer leeren Flasche vor meiner Nase herum, „zuerst einmal wegbringen." Sie stellte ihre Flasche ab und verschwand in Richtung der Toiletten.
Ich stand auf und ging zur Bar. Als ich dort zwei Astra bestellte, sprach mich der Wirt an.
„Na, hast du Bekanntschaft mit unserer Modedesignerin gemacht?"
„Ja, warum?", ich wurde stutzig. Er hatte ja gesehen, dass ich mich mit ihr unterhalten hatte.
„Nur so. Allerdings wundere ich mich, wie sie es immer wieder schafft, jemanden zu finden, der ihr den abendlichen Suff finanziert. Wahrscheinlich kam sie wieder mit der Meinen-Namen-verrate-ich-aber-nicht-Masche. Dadurch glaub sie ernsthaft sich interessant zu machen."

Ich musste schlucken und fragte etwas unsicher und beschämt: „Ist die denn öfter hier?"
„So drei bis vier Mal die Woche. Und immer macht sie so ein Geheimnis um ihren Namen. Hat sie dir auch erzählt, dass sie jetzt studieren und Karriere als Modedesignerin machen will?"
„Ja, hat sie. Stimmt das denn nicht?"
„Unsinn. Die sitzt in dem neuen Budni im Schulterblatt an der Kasse. Da treffe ich sie immer beim Einkauf."
Bei Budni an der Kasse? Endlich kreativ arbeiten? Ich kam mir verarscht vor. So betrunken war ich doch gar nicht. Aber ein intensiver Augenaufschlag und ein laszives Lächeln schienen mir auszureichen, um ihr voll und ganz auf den Leim zu gehen.
Ich fühlte mich hintergangen und bat den Wirt, mir doch nur ein Bier zu geben. Der lachte und stellte das zweite zurück in den Kühlschrank. Vor den Toiletten war niemand zu sehen. Resigniert wandte ich mich um, warf dem Wirt noch einen letzten Blick zu, legte ihm drei Euro auf den Tresen und verließ das „Seemannsgarn".
Vor der Tür blieb ich noch einmal stehen und nahm einen tiefen Schluck aus der Flasche. Danach schlenderte ich die Gerhardstraße hinunter und dachte an das Mädchen. Warum hatte sie mich so belogen? Ein Bier hätte ich ihr doch auch so ausgegeben. Was sollte diese Geschichte mit dem Modedesign? Sie musste mir doch nichts vormachen. Ich hatte ihr gegenüber ja auch nicht dick aufgetragen. Die Fragen schwirrten mir im Kopf herum. Doch eigentlich interessierte mich nur eines:
Welchen Namen hatte das Mädchen?

Spießer

Neulich in der Bahn, da traf ich einen Punk. Gewaschen hatte er sich schon lange nicht mehr. Sein Äußeres ließ sehr zu wünschen übrig. Er fragte mich nach etwas Kleingeld. Leider musste ich verneinen. Mein letztes Bargeld gab ich just zuvor für Bier und Pommes aus. Das konnte er nicht wissen. Ich hatte es ihm nicht gesagt.
Ein Spießer wäre ich und geizig dazu. Jemand wie ich hätte doch bestimmt noch Geld dabei.
Jemand wie ich? Ich wollte von dem Punk wissen, was das bedeuten soll. Jemand wie ich.
Ein Typ in einem schwarzen Anzug geht nicht ohne Geld vor die Tür, behauptete er kühn. Damit alleine mochte er wohl schon Unrecht gehabt haben. Doch als ich ihm erklärte, ich sei, wie er so scharfsinnig vermutete, zwar mit Geld vor die Tür gegangen, würde nun aber ohne wieder zurückkehren, konnte oder wollte er mir nicht mehr folgen. Er drehte sich von mir ab und stellte einem weiteren Fahrgast die gleiche Frage wie zuvor mir. Der Fahrgast trug einen Hut, obwohl hier im Abteil weder die Sonne schien noch Regen vom Himmel fiel. Nun wurde es in der Bahn laut. Der Punk sollte besser zur Arbeit gehen oder eingesperrt werden. Eine feindselige Stimmung breitete sich im Abteil aus. Die Stimme des Fahrgastes wurde immer lauter. Früher hätte man solche Leute vergast. Der Punk aber blieb ganz ruhig. Daher sprach ich den meckernden Fahrgast an. Wen er denn mit solchen Leute meinte, wollte ich von ihm wissen. Natürlich Leute, die aussehen wie der Punk. Da sagte ich, dass früher solche Leute vielleicht vergast worden wären, heute aber Leute wie er es verdient hätten. Außerdem sei er ein Spießer und geizig dazu.

Am Abend besuchte ich ein Konzert. Der Club war sehr voll, die Luft zum Schneiden, die Musik gefiel mir gut. Also drängte ich durch die Menge bis zum Bühnenrand, um die Show besser sehen zu können. Nach kurzer Zeit war ich erhitzt und meine Kehle trocken. Neben mir stand ein Punk. Es war ein anderer als der am Nachmittag. Er öffnete sich ein Bier und trank einen Schluck. Ich beneidete ihn um die kühle Erfrischung. Wenig später war mein Durst unerträglich, doch zurück durch die Menge bis zur Bar wollte ich nicht. Schließlich fragte ich den Punk nach einem Schluck von seinem Bier. Er hätte es sich selber zusammengeschnorrt und würde daher nichts abgeben. Ich schaute ihn an. Ein Spießer sei er und geizig dazu.

Auf dem Heimweg bat mich ein Obdachloser vor einer Tankstelle um Geld für ein Bier. Da ich diesmal etwas bei mir trug, öffnete ich meine Geldbörse und gab ihm zwei Euro. Ob ich ihm nicht auch Geld für zwei Bier geben könnte, drängte er mich. Ich verneinte und wollte gehen. Aber ich hätte doch noch mehr Kleingeld in meinem Portemonnaie. Ich stimmte ihm zu und erklärte, darüber auch sehr froh zu sein. Jetzt wurde sein Blick böse und seine dunklen Augen funkelten mich angriffslustig an. Ein Spießer sei ich und geizig dazu.

Als dieser Tag wenig später für mich zu Ende ging, lag ich in meinem Bett und kam ins Grübeln. Bin ich ein Spießer und geizig dazu? Wann ist man ein Spießer und geizig dazu? Wen halte ich für einen Spießer und geizig dazu? Die Ereignisse des Tages gaben mir Antwort. In unserem Land ist jeder ein Spießer und geizig dazu. Dazu werden wir alle erzogen. Doch man bekam noch etwas anderes im Zuge dessen anerzogen. Selbst hält sich niemand für einen Spießer und geizig dazu. Bei allen anderen erkennt man diese Wesenszüge allerdings sofort. Doch ist das ein deutsches Phänomen? Oder wird man in anderen Ländern genauso schnell abgestempelt, ein Spießer und geizig zu sein? Gibt es überhaupt irgendwo auf der Erde Menschen, die weder Spießer sind noch geizig? Mir fielen die armen Kinder in Afrika ein. Die können gar keine Spießer sein und erst recht nicht geizig. Also muss es an den Umständen liegen, in denen man aufwächst. Ist es also der Wohlstand, der die Leute zu Spießern und geizig dazu macht? Ich würde versuchen, der Sache bei meinen nächsten Reisen ins Ausland auf den Grund zu gehen. Doch ich lebe ja hier in diesem Land. Und in diesem Bewusstsein schlief ich unruhig ein.

Unfall

Das Telefon klingelt und reißt mich aus meinem traumlosen Schlaf. Ich versuche mich zu orientieren, festzustellen, wo ich mich befinde, welchen Wochentag wir haben und warum es draußen vor dem Fenster schon so verdammt hell ist. Ein Blick aufs Handy schafft Gewissheit. Es ist Samstag, kurz vor zwölf Uhr mittags. Ich hätte schon längst auf den Beinen sein sollen. Warum bin ich nicht von meinem Wecker wach geworden? Oder war dieser gar nicht angegangen? Wann war ich nach Hause gekommen und wann ins Bett gefallen? Was war überhaupt gestern Abend los?
Da war diese Record-Release-Party der Uppercuts im Point One. Ihr neues Album wurde ausgiebig gefeiert und begossen. Da wollte ich nicht fehlen. Zumal sich auch meine Freunde und Bandkollegen angekündigt hatten. Schließlich hatten wir uns in der Vergangenheit schon mehrfach mit den Uppercuts eine Bühne geteilt und gemeinsame Konzerte gespielt. Da galt es als Ehrensache, dass wir als Band an ihrer Party teilnahmen. So kam es dann auch, dass wir uns spontan die Instrumente der Uppercuts schnappten und ein paar unserer Songs zum Besten gaben. Ungeplante Auftritte sind in der Regel die spektakulärsten. Wir spielten schnell, laut und sehr energetisch. Wir hatten kein festes Programm einstudiert, sondern haben einfach losgerockt. Wie lange der Spaß dauerte? Ich weiß es nicht mehr. Aber gut erinnern kann ich mich daran, dass wir als Dankeschön für unsere Darbietung noch auf der Bühne ein Tablett Wodka gereicht bekommen hatten. Und dabei war es nicht geblieben. Am Tresen ging es für Henne, Bert und mich weiter.

Daran erinnere ich mich jetzt wieder. Was aus den anderen zwei Bandmitgliedern wurde, weiß ich hingegen nicht mehr.

Es war wohl Henne, der zu später Stunde dazu aufrief, noch zum Lukullus Grill zu gehen, um dort etwas zu essen. Das war für ihn so etwas wie ein Ritual, dem Bert und ich nicht im Wege stehen wollten. Also machten wir uns auf zur Reeperbahn und verputzten drei fettige Bratwürste, die das flaue Gefühl im Magen nach einer solchen Nacht nur verschlimmern würden. Doch das war uns zu diesem Zeitpunkt egal. Wir gossen noch jeder im Anschluss eine Flasche Astra drauf und verabschiedeten uns. Bert machte sich zu Fuß auf den Weg nach Hause, ich stapfte in Richtung Nachtbushaltestelle und Henne wollte in der Davidstraße ein Taxi anhalten.

Meine Heimfahrt scheint reibungslos verlaufen zu sein. Ich hatte es ja schlussendlich nach Hause geschafft und lieg nun unversehrt, wenn auch ein wenig matschig im Kopf und flau im Magen, in meinem Bett. Und das Telefon klingelt immer noch.

Ich schaue auf das Display und sehe, dass es Bert ist, der mich anruft.

"Ein Glück, dass du mal rangehst. Ich habe schon drei Mal versucht, dich zu erreichen", redet er gleich drauflos.

"Entschuldige, aber ich habe noch geschlafen. Das war ja auch ganz schön spät gestern. Aber egal, es war ein sehr schöner Abend."

"Schöner Abend? Hast du noch nicht mitbekommen, was mit Henne passiert ist? Der wurde von einem Taxi überfahren und liegt im Koma. Wir sind alle bei ihm im Krankenhaus. AK Altona. Mach dich auf den Weg und komm her. Es ist so schrecklich.

Und keiner hat mit so etwas gerechnet. Hier sind alle total fertig. Gerade sprechen seine Eltern mit den Ärzten darüber, wie es weitergeht und ob oder wann die Maschinen abgestellt werden sollen."

Mein Dank geht an all diejenigen, die mir bei meinen literarischen Gehversuchen geholfen und zur Seite gestanden haben:
Sylvia Gebhardt, meine Familie, Thorsten Spitz, Tim Groothuis, Maica Morgenthau und Annette Schalla für die Korrekturen, Alexander Tsatsigias und meine Muse Veit, Sven Dannenberg, Bela B, Wolfgang Wendland, Daniel Hoffmann, Andrea Lettau, Gertrud und Ulrich Gebhardt, Astrid Lukas, Bernd und Fidel Bastro, Thomas Hain und die Tortuga Bar, Andre Schulz, Los Dos, Lea und Ulli vom Wild At Heart, Gagu Leaks, Rupert und das Spatz & Wal, Zepf Oberpichler, Matthias Reuter, Udo und die Mutter, Trashmob, Silke und das New Backstage, Dunges, Alex und das Skorbut, Pfadfinder Jack, Gasthausbrauerei Nolte, Oliver Hörr und der Saal II, Jenny Braatz und das UJZ Peine, Don Klo und das King Calavera, Joachim Seidel, Jenny Kracht und das DJäzz, Zwakkelmann, Bogi und die Auszeit Bremen, Holger Burmeister, Christoph Weißenfels, Katinka Buddenkotte, Barbara Wetzer, Piet und die Hansens, Superbude St. Pauli, Sam, Ralf und der Monkeys Club, Horst With No Name, Ritchy, Rudi und der Rest Fondermann, KostBar Schwerin, TBA Gaußstraße, Gary Flanell, HC Amschl-Roth, Havanna Club Linden, Tanja und die Hasenschaukel, El Fisch, Pedro und das Subrosa, Markthalle Hamburg, Endless Pain, Jaya The Cat, Guts, Damn Familiar, Salon Irkutsk, Mel und die Leselampe Ostkreuz, Flonske, Jimmy Ungarn, Frau Hedis Tanzcafe, Jens Brando und Renate Koenig, Tim Hackemack, Andrea Beranek und die Goldene Gans, Dangerous Paul, Swen, Vasco und Radio Sturmwelle, Muck.

CPSIA information can be obtained
at www.ICGtesting.com
Printed in the USA
LVHW092244150520
655576LV00007B/726